ベリーズ文庫

俺様編集者に
翻弄されています！

夢野美紗

STARTS
スターツ出版株式会社

目次

第一章　始まりの妄想

青い海、白い雲、太陽の光がオーシャンビューを際立たせる。絵に描いたような美しいリゾート景色。

純白の外壁が眩《まぶ》しく反射する別荘のテラスで、悠里《ゆうり》はひとりコーヒーを啜《すす》りながら、至福の時間を過ごしていた。


——悠里様、コーヒーのおかわりはいかがでしょう?

その美声に振り向くと、非の打ちどころのないイケメン執事が軽く頭《こうべ》を垂れている。

——悠里様、恐れながら……先ほどのクッキーがお口についておりますよ。ふふ、私が拭《ふ》いて差し上げます。

日本人離れした鼻梁《びりょう》にキメの細かい肌、細くて長い指が悠里の口元を拭《ぬぐ》う。

——悠里様……こんな可愛らしいお口を無防備に私にさらすなんて、いけない人ですね……思わず口づけてしまいたくなります。

顎《あご》をそっと持ち上げられると、その甘い顔がゆっくりと近づいてきて……。

——ピピピピ、ピピピピ。

「うわぁっ！」

耳元でけたたましく鳴り響く目覚まし時計のアラームに、高峰《たかみね》悠里はまるで漫画のようにベッドから飛び起きた。

「な、なんだ、夢か……」

ぼんやりした頭がだんだんはっきりしてくると、見慣れた自分の部屋に気づいて、ガックリと肩を落とした。

「あぁ、美味《おい》しい夢だったなぁ。なんで起こすのさ、もう！」

悠里は黒ブチの分厚いメガネをかけると、十二時を指したままヘッドボードでいつまでも鳴り続ける目覚まし時計を叩《たた》いて、アラームを消した。

高峰悠里、二十八歳。職業は恋愛小説家。

最初はジャンルにこだわらず、サスペンスものやSFものも含めて、同人作家活動を細々と続けていたが、長い間うだつが上がらないままだった。

しかし去年、幸運にも『愛憎の果て』という大人向けの恋愛小説を出版することができ、それが大ヒットし、ベストセラーとなった。今年に入ってその小説が映画化され、三月になった今でも絶賛上映中だが、その人気は観客動員数、不動のナンバーワンだ。

その印税で、今までの貧乏生活を一変できるような大金を手にしたけれど、あえていつもと変わらない生活を続けている。

東京郊外の１ＬＤＫの狭い部屋で、その中央にぽつんと置かれた小さなローテーブルの上には、原稿やその他もろもろの資料が散らばっているし、ゴミ箱には昨夜食べたカップラーメンの残骸《ざんがい》が無造作に捨てられている。

ベランダがないため、部屋干ししている洗濯物は、乾いたあとも干しっぱなしという体《てい》たらくぶりだ。

「もう一回寝るかな……」

昨夜は、イケボイスで語りかけてくるシチュエーションＣＤの『イケメン執事と秘密の休暇』という恋愛ストーリーを聴きながら寝入ってしまった。だから、あのようなリアルな夢を見てしまったに違いない。

いつも締め切りに追われる悪夢ばかり見るのに、久しぶりに夢見がよくて、二度寝したい気持ちに駆られた。

悠里は物心ついた時から、絵を描いたり頭に思い浮かんだことを文章にするのが好きで、小学生の頃から密かにオリジナルの小説を書いていた。

大学卒業とともに一般職のＯＬに就職したが、毎日のように繰り返される単調なデスクワークに辟易《へきえき》して、二年で辞めた。

それから趣味の小説を書きながらアルバイトを転々としていたある日、大学時代の同人サークルの仲間が、出版社主催の恋愛小説大賞に『愛憎の果て』を勝手に投稿してしまったのだ。

自分でも一番気に入っている作品だったが、それまで作家を目指して出版社に原稿を持ち込んでも、突き返されることばかりで自信を失っていた。だから、その時は自分から応募する気はなかったのだけれど……。

フタを開けてみれば、大賞こそ逃したものの、独特な文体が評価され、書籍化されたと思ったら、またたく間に映画化にまで進んでいた。

きっかけは友人の思いつきの行動ではあったものの、悠里はあっという間にベストセラー作家になってしまったのだ。

何度も諦《あきら》めかけた作家への道がようやく開けた悠里だったが、両親に『たった一作、本を出したところで、小説だけで食べていけるわけがない！』と反対されてしまった。

でも、実家に連れ戻されそうになっては説得し、なんとか食い下がって東京で頑張っていた。

その時、不意に枕元のスマホが鳴った。

「はい、あ……加奈《かな》？」

『もしもし、悠里？　今日、十四時に打ち合わせする予定の確認なんだけど……』

「え？　打ち合わせ……？　今日だったたっけ？」

「ちょっと、先週そう約束したでしょ？　……まさか、忘れてたんじゃないでしょうね？」

「あああっ！　ご、ごめん！」

深夜まで作業をしていると、どうしても日付の感覚が鈍くなる。打ち合わせの約束を思い出すと、今までぼんやりしていた頭がようやく覚醒した。

電話の相手は、武藤《むとう》加奈。

大学時代の同人サークルの仲間であり、『愛憎の果て』の原稿を私に無許可で出版社に投稿した張本人だ。

『勝手に投稿して何が悪い？』と言わんばかりの勢いに、あの時は何も言えなかったが、加奈は大手出版社『大海《おおみ》出版』に勧めるやり手の編集者で、悠里が趣味で書いていた作品を、前から義理抜きで絶賛してくれていた。

『いつか自分のところで本を書いてほしい』と声をかけてくれていた加奈は、大賞への応募を渋っている悠里に痺《しび》れを切らして、とうとう実力行使に出たのだ。

そんな経緯で現在、加奈は悠里の担当編集者。彼女が作家としての悠里を作った、と言っても過言ではない。

「ごめん、すっかり忘れてた。今から用意してすぐに行くから！」

『そんなことだろうと思った。ほんとにあんたって、昔から時間にルーズなところは変わってないんだから……。念のため連絡してよかった。じゃあ十四時にうちのカフェテリアでね』

「うん、わかった」

（はぁ、急がなきゃ間に合わないよ〜！）

電話を切ると、先ほどの夢の続きに未練を感じつつ、重い腰を上げてカーテンを全開にした。


大海出版は、約千人の社員を抱える業界最大手の出版社だ。東京の都心部にあり、悠里の家から電車で約三十分くらいの所にある。

主に小説・エッセイ・ノンフィクション・実用書・コミックを扱っており、最近では女性誌にも力を入れている。そんな大きな出版社から本を出せたことが、いまだに信じられない時がある。

電車に揺られて窓の外を眺めていると、遠くに飛行機が飛んでいるのが見えた。

(あの飛行機はどこへ行くのかな……)

飛行機を見ると、いつも、どんな国のどんな人が乗っているのだろうかと想像してしまう。


――あなたのお名前は悠里さんというのですね? あぁ、なんて可愛らしい……。

――え? 私の名前が? そ、そんな……。

――ご謙遜《けんそん》なさらずに……私はアラブの、とある王国の王子です。

――お、王子様っ⁉

――今夜は私の王宮で、一緒にお食事なんていかがですか? そのあともぜひ……。

――そのあとって……ま、ままま、まさか、一夜のアバンチュール⁉

「――お出口は右側～、お降りの際はご注意ください」

「っ⁉」

鼻が詰まったような車掌アナウンスで、いつもの妄想が途切れると、頭に思い浮かんだイケメン石油王の残像が、煙のようにもわもわと消えてしまった。

不意に現実に引き戻され、小さくため息をつくと、スマホ画面の時計に目をやった。

（都心は嫌いだ……）

悠里は電車を降り、出版社への道をスタスタ歩く。しゃべりながらちんたら歩くカップルを、イライラしながら追い越して先を急ぐ。

大学入学時に上京して何年も経っているのに、いまだに東京暮らしに慣れない。

信号待ちをしながらふと周りを見てみると、オシャレで春先らしい装いの若者や、気品に溢《あふ》れた中年女性の姿が目に入る。

（もう少しいい恰好してくればよかったな……）

自分を見ると、ジーンズに無地のニット、という今ひとつあか抜けない服装にメガネですっぴん……女子力なんてあったものじゃない。スタイルも特にいいわけではなく、至って平均的な体型と地味な顔立ち、無造作にまとめたダークブラウンのセミロングの髪がなんだか空しい。

（だって今日は打ち合わせだけだし、用が済んだらすぐ帰るから、オシャレとか必要ないし……）

そう心の中で言い訳をして、悠里は大海出版のエントランスをくぐった。

加奈と待ち合わせているカフェテリアは五階にあった。

エレベーターに乗ると、中に貼りつけられている『愛憎の果て』のポスターが目に入る。自分の作品だと思うと、少しくすぐったく感じた。

「あ、すみません！　乗ります」

「あ、はい……」

その時、エレベーターにひとりの女性社員が乗り込んできた。

悠里は反射的に顔を隠すようにうつむいて隅に寄ったが、その女性社員はポスターを見ながらフレンドリーに話しかけてきた。

「あの……この本読みました？　いいですよねぇ！　私、ユーリのファンなんです」

「え……？」

「あの愛憎劇がなんとも言えず、ドキドキさせられるんです」

「そ、そうですか……」

たまたま乗り合わせただけで、陽気に話しかけてくる若い女性社員に戸惑《とまど》いつつ、悠里は薄笑いを浮かべて相槌《あいづち》を打つように頷《うなず》いた。

〝ユーリ〟は悠里のペンネームだ。

（もしかして……この人、私がユーリって気づいたんじゃ……ううん、そんなはずないよね、とにかくごまかそう……）

悠里は昔から人見知りするタイプで、人前に出たくないがために、サイン会を頼まれても数回やっただけで、取材などは一切受けつけていない。だから、世間にはあまり顔を知られていないはずだ。

うつむきながら、ひたすらこの女性社員がさっさと降りてくれることを祈ったが、結局五階まで一緒だった。

エレベーターを降り、カフェテリアで加奈の姿をキョロキョロ探していると——。

「悠里！　こっち、こっち！　もう、遅い」

「ごめん！　ほんっとごめん！　あぁ、お詫《わ》びに何か飲み物おごるから」

奥の席で加奈が大ぶりに手を振って、手招きしてきた。いつ見ても綺麗《きれい》で、カッコいい女性だと憧れを抱いてしまう。

加奈は大学卒業とともに大海出版に就職して、去年めでたく結婚したあとも、仕事をバリバリこなしている。締め切りに間に合わずにヒーヒー言っている作家の尻を叩いては、陰でしっかり支えてくれる編集者だ。

そんな彼女を、悠里はいつも羨望《せんぼう》の眼差《まなざ》しで見ていた。

「いらっしゃいませ」

しばらくすると、店員が注文を取りに来た。

「コーヒーでいい？　加奈はいつもブラックだったよね」

「あ、うん。ありがとう、でもジュースでいいよ」

なんとなく歯切れの悪い加奈の返事を訝《いぶか》しげに思いながらも、彼女に自分と同じフルーツジュースを注文した。

いつもなら、会って早々にベラベラ話しだす加奈だが、今日はなぜか少しうつむいたまま、珍しく浮かない顔をしている。

「お待たせしました」

店員が、注文したジュースを静かにテーブルに置いて去っていく。

そのタイミングを見計らって、加奈がゆっくり口を開いた。

「悠里、話すの遅くなっちゃったけどね……私、今月いっぱいで退社することになったの」

「ぶっ！」

いきなりの告白に、悠里は思わずジュースを噴き出した。

「ええっ⁉　な、なんで？　退社？　今月いっぱい⁉」

「ちょ、声がデカいって」

「だって今月っていったって、あと一週間もないじゃない……」

無意識に椅子から腰を浮かせてしまった悠里は、加奈に宥《なだ》められてもう一度椅子に座り直した。

「ほら、私も結婚して一年経つし……そろそろって思ってたら、ちょうどデキちゃってね。だから出産のために、しばらく帰省しようと思ってるの」

加奈は聖母のような優しい微笑《ほほえ》みを浮かべながら、お腹をそっとさすった。

「そ、そう……なんだ。おめでとう」

「ふふ……ありがとう」

悠里は、そんな加奈を羨《うらや》ましく思いつつも、複雑な心境だった。

結婚して子供ができれば、今までみたいに仕事をすることは難しい。そんなことはわかっているけれど、このイラ立ちにも似た感情は一体なんなんだろう。

加奈の結婚式に出席した時、初めて新郎を見た。決してイケメンとは言えなかったが、優しそうでいい旦那《だんな》さんになりそうな人だった。

前から社内恋愛をしていることは知っていたが、身近な人間が幸せを手にするのを見ていくうちに、なんだか世間から取り残されている気分になる。なぜ自分だけ何も変わらないのか、と悶々《もんもん》とするようになり、そんな自分が嫌だった。

彼氏がいなかった頃の加奈は、『人生の伴侶は仕事』と言わんばかりのキャリアウーマンぶりで、『もしお互いに結婚しないで年老いていったら、その時は一緒に住もうね』なんて冗談交じりに言っていたこともあった。

けれど、いざ幸せをつかんだら、やっぱり自分は切り離されてしまうのだ。

「悠里?」

無意識に思いつめた表情をしていたのか、加奈が心配そうに顔を覗《のぞ》き込んできた。

「あ、あぁ……じゃあ今度、お祝いしなきゃね! なんだ、もっと早く言ってくれればよかったのに」

悠里はわざと明るい声を出して、場の雰囲気を盛り上げようとした。

こんな醜い胸の内を知られたら、きっと加奈に絶交されてしまうだろう。そう思って、綺麗に気持ちを切り替えた。

「ごめんね、なんかバタバタしちゃっててさ、それでね……」

加奈がバッグの中からクリアファイルを取り出して、書類をいくつか机の上に広げた。

「早速なんだけど、私の後任の担当さん……えーっと履歴書どれだったかなぁ」

後任――。

その言葉に、『もう加奈とは一緒に仕事ができない』という現実を突きつけられ、寂しさが胸の中に広がる。

そんな気持ちをごまかすように、ひたすらジュースを飲むが、どうしても心が重くなってしまう。

「あ、あった！　個人情報だから社外の人に見せられないんだけど……」

その時、加奈が手にしたＡ４サイズの履歴書がチラリと見え、添付された顔写真に目が釘付けになった。

「イケメン‼」

先ほどまでの憂鬱《ゆううつ》な気分が一気に吹き飛び、悠里は履歴書を覗き込もうとした。

「あ、見ちゃダメだってば」

そう言って加奈は慌てて履歴書を隠そうとしたが、すでに目に焼きついてしまった。

「加奈の後任なんでしょ？　顔くらい知っておきたいし……写真だけならいいでしょ？」

上目遣いでねだるように加奈を見ると、仕方がないと言うように、彼女は写真だけを渋々悠里に見せてくれた。

「ふふ、素敵な人でしょ？　今はまだアメリカにいるみたいなんだけど、来週帰国するって話だよ」

加奈の声を聞きながら、悠里の妄想スイッチが入る——。


——アメリカから帰国してまだ間もないんですけど、悠里さんの担当をさせていただきます。

——は、は、はい……！

——あの、お願いと言っては申し訳ないのですが、もしお時間があれば、私に社内を案内していただけませんか？

——え？　わ、私は大海出版の社員では……！

——悠里さんは優しい作家さんですね。これから一緒に作品を作っていけると思うと嬉しい限りです。では、お近づきの印にキスしていいですか？

——え……？　ええっ⁉

すっと手が伸びてきて、頬《ほお》を優しく、そして妖しく撫《な》でられる。

——もしかして、これって運命なのかな？　悠里さん、堅苦しい挨拶《あいさつ》はなしにして、本当はふたりっきりで話がしたかったんです。ふふ、神様がくれたチャンスなら、それに甘んじるしかないですよね……？

――やだ、そんなに見つめないで……あああ～。

彼の唇《くちびる》が、瞳の奥に入り込むように迫ってきて――。

「ちょっと、悠里⁉　人の話聞いてるの？　あんたのその妄想グセ、ＴＰＯをわきまえなさいよ、もう！」

「はっ……⁉」

加奈の声で、妄想が残念な効果音とともに霧散していく。

現実に引き戻されると、目の前には頬を膨らませた加奈の顔があった。

「ご、ごめん、それでなんだっけ？」

「ったくもぉ。悠里の担当になる人のことを話してるんだから、ちゃんと聞きなさい！　それでどんな人なのかしっかり把握しといてね、って話！」

加奈は頬杖をつきながら、人差し指でトントンと履歴書を叩く。

「ほんとにほんとに、その人が私の担当になるの⁉　嘘《うそ》じゃないよね？」

「だ～か～ら～！　さっきからそう言ってるじゃない。大丈夫かなぁ……」

加奈の呆《あき》れ声をよそに、悠里はもう一度、履歴書に添付された、端整な顔立ちの写真をじっと見つめた。

(この人が……私の……)

加奈の話によると、彼は氷室美岬《ひむろみさき》。三十二歳。

私立の小中学校を経て、高校からニューヨークへ単身留学。アメリカの某有名私立大学文学部の大学院を卒業後、ニューヨークの大手出版社に勤務——。

次々に聞かされた輝かしい経歴や資格などは、馴染《なじ》みのないものばかりだったが、とにかくすごいということだけはわかった。

こんなカチカチの型にハマッたようなエリートなら、メガネに七三分けの髪型を連想しがちだけど、写真の顔は全くの逆で、今風の若者だ。

「加奈はこの人に会ったことあるの？　どんな人？　日本語しゃべれる？　それから身長とか、好きな食べ物——」

「はぁ？　あんた何言ってんのよ？　いくら海外暮らしが長いっていったって、母国語を忘れるわけがないでしょ。あぁ、そういえば去年だったかなぁ……一週間くらい出張でここに来てたような……。実はそのニューヨークの出版社、うちと提携していて。彼が引き抜かれたのも何かあってのことだと思う。悠里の『愛憎の果て』が、英訳されて海外に売り出される可能性だってあるのよ？」

「ええっ⁉　ほ、ほんと？」

自分の小説が海外にまで広まるなんて、夢みたいな話だ。

「『愛憎の果て』がきっかけで、悠里の今までの同人小説も注目されてきてるじゃない。うまくいけば、それだって書籍化されるかも……あぁ、私もできることなら、あんたを最後まで支えてあげたかった」

加奈は心底残念そうにうなだれた。

ベストセラーになった『愛憎の果て』のおかげで、自分で言うのもおこがましいが、ようやく人気作家の域に到達したと、最近になって実感するようになった。それもこれも、必死に営業部にかけ合ってくれた、加奈のバックアップがあってのことだ。

その頼れる加奈がいなくなるという不安が、悠里の心に容赦なく押し寄せてきた。編集者との深い絆があったからこそ、今まで安心して執筆に集中できたものの、同じくらいの絆を新しい担当者と築いていけるのか気がかりだった。

「私は実際に氷室さんとお話したことはないんだけど、すっごくいい人なんだって。しかも彼が担当した作家は、またたく間に売れっ子になるって噂《うわさ》だよ。私も期待してるから」

「もぉ、他人事《ひとごと》みたいに言っちゃって……」

身を乗り出してバシバシ肩を叩いてくる加奈に、悠里は苦笑いをするしかなかった。

その時――。

「あぁ、武藤、いたいた！　あ、ユーリ先生もご一緒でしたか。お世話になっております」

「あ、はぁ……こちらこそ」

息を切らせながらカフェテリアに入ってきたのは、加奈の上司である北村《きたむら》編集長だった。

「その、言っておかなきゃならんことがあってな……」

「どうしたんですか？」

北村は頭をかきながら、どうしたものかと腕を組んでいる。

「氷室のことなんだけど、帰国するの来週だったはずが、急に明日になってさ」

「ええっ!?　な、なんでですか、急に……こっちだって引き継ぎ資料の準備が――」

加奈が驚いて椅子から立ち上がると、北村は「まぁまぁ」と肩に手を置いて宥めた。

「あぁ～、ユーリ先生はお気遣いなく、そのままゆ～っくりしててください。武藤、ちょっと」

「……はい」

北村の語尾が下がると同時に、加奈のテンションも下がる。

しばらくカフェテリアの隅でヒソヒソとふたりで話し合っていたが、悠里には全く聞こえなかった。時折、加奈がへらっと笑ってこちらを見ていたので、よからぬ相談をしている、となんとなく想像がついた。

「ユーリ大先生！　折り入ってご相談したいことがございます」

北村と加奈が気迫に満ちた様子で、ずんずんと悠里のそばまでやってくると、ふたり揃《そろ》ってペコリと頭を下げた。

「え？　何？　相談って……」

「悠里ぃ〜、私たちは作家と担当編集者である前に、大がつく親友だよね？」

加奈が目をキラキラさせながら悠里の手を取って、ひとりでうんうんと頷いている。

それにゴリ押しするように北村が続く。

「ユーリ先生にご無礼を承知で申し上げます！　その、今度うちに異動になる氷室を明日、空港まで迎えに行ってほしいんです」

「……は？　な、なんで？」

「帰国してすぐに急遽《きゅうきょ》、打ち合わせすることになりましてね。会社に立ち寄るように伝えてはいるのですが、氷室は、仕事はデキるんですけど、かなりの自由人で……。急に『ホテルへ直行する』とか言いだしかねなくて、心配なんですよねぇ……」

　全く予想だにしていなかった言葉に、頭の中が真っ白になった。

（氷室さんって……なんだかとんでもない人なんじゃ……）

「だから迎えというのは建前で、私が会社に引っ張ってこようと思ってたんだけど、明日は私、打ち合わせがあって行けないし、ほかにちょうど手が空《あ》いてる人もいないのよぉ。他部署の人には頼みづらいし、空港で拾ってうちの会社に連れてくるだけでいいから！　お願い、この通り！」

　加奈は、パンッ！と目の前で手のひらを合わせて、頼み込んでくる。

（無茶苦茶だ……作家が編集者を空港まで迎えに行くなんて、聞いたことないよ。それにわざわざ引っ張ってこなきゃならないなんて、氷室さんって一体どんな人？）

「私は大海出版の人間じゃありませんし……」

「大丈夫です！　氷室にもその旨、伝えておきますから！　あぁ、さすがユーリ先生はお心が広い！」

　有無を言わせぬ勢いで、北村は悠里の両手を握ってブンブンと上下に振った。

（まだ何も言ってないんですけど……）

「おっと！　悪い、会議の時間だ。じゃあ、そういうことで！　先生、よろしくお願いしますよぉ〜」

「あ、逃げる気ですか⁉」

北村は腕を振りながら、猛ダッシュでエレベーターに乗り込んでいった。

（仕方ない……ただ迎えに行けばいいだけなんだよね？　どうせ明日も暇だし、新作の企画でも練ろうかと思ってたけど、そんな気分になれそうもないし……）

そんなことを考えながら、申し出に渋々応じた。

「ほんと⁉　ありがとう！　あぁ、やっぱり持つべきものは友よね！」

加奈は一件落着といった様子で顔を明るくさせるが、なんだか腑《ふ》に落ちない。

「その友人を置いて、さっさと結婚したくせに……」

「あはは、もぅ、そんな憎まれ口叩かないの！　はい、これ氷室さんの明日のスケジュール」

まるで、その氷室というアーティストのマネージャーにでもなった気分だ。

彼が空港に着くのは、明日の朝らしい。わざわざ早起きして空港まで行かなければならないことに、正直うんざりする。

「あっ、そうだ！　ちょっと待ってて」

何かを思い出したかのように、加奈が席を外したかと思うと、ものの数分で戻ってきた。

「それから、これ」

いきなり『大海出版　氷室美岬様』と書かれたボードを手渡された。

「な、何これ？」

「決まってるじゃない。これを首から提《さ》げてお迎えするのよ。私が迎えに行くつもりだったから、あらかじめ作っておいたの。あんたは相手の顔を知ってても、向こうは知らないんだから」

（これは何かの罰ゲーム……？　社員でもないのに、なんでここまでしなきゃならないのよ……）

そのボードを見ると、憤りを通り越して、もうどうでもよくなってくる。

「あぁあ～、もう！　わかった、わかった！　この際、胸にバラの花でも差して待っててやるわよ！」

「あぁん、悠里、頼もしい！」

勢いで了承してしまったことを後悔する間もなく、加奈の拍手がカフェテリア内にパチパチと空しく響いていた――。

第二章　嵐来《きた》る

半日前の早朝――。

北村は早々に片づけておかなければならない仕事に追われて、昨日から大海出版に泊まり込んでいた。ようやくひと段落したのは東の空が白んできた頃で、薄暗い事務所の中、重い身体をソファに預けて、しばらくした時――。

突然けたたましく鳴るスマホに叩き起こされ、寝ぼけ眼《まなこ》で通話ボタンを押すと、思わず電話を切ってしまいたくなるような人物の声がした。

『やっぱりな、北村さんに電話かけるといつも眠ってるな』

「寝てると思っておきながら図々しく電話してくるあたり、美岬らしいな。お前、こっちは今、何時だと思ってるんだ？　安眠妨害もいいとこだぞ」

『だから〝ファーストネームで呼ぶな〟って何回言ったらわかるんだよ？　まぁいい、日本に帰国する日だけど、予定を早めた。到着は、そっちの時間で明日の朝になったから』

「……え？　はぁ!?」

『こっちでやり残した仕事もないし、日本みたいに〝送別会〟っていうの？　そういう習慣もない。あってもだるいだけだしな』

「『明日の朝』っていきなり言われても、こっちだって準備ってもんが――」

『日本はもう桜が咲いてるんだろ？　こっちは一日吹雪だった……ニューヨークの気候には、もう、うんざりだ。俺が寒いの嫌いだって知ってるだろ？』

ふてぶてしいほど飄々《ひょうひょう》としている相手に、北村は眉をひそめながら頭をかいた。

「氷室、お前まさか、それが理由で予定を早めたのか？　……『もう、うんざり』って、お前何年そっちに住んでるんだよ。今さら――」

『そういうことだから、よろしく』

「おい、待て！　氷室！」

（あの男が帰ってくる――。来週の予定だったから、まだ何も準備してないぞ）

氷室とは昔馴染みだ。

（年下のくせに相変わらず礼儀がなっていない、生意気な男だ）

北村と氷室は奇しくも、アメリカの大学で同じゼミの仲間だった。北村が浪人していたため、氷室のほうが年下だが、そんなことにはかまわず、社会人になってもフランクな付き合いを続けていた。

思わぬ事態に、北村は額に手の甲をあてがいながら、氷室の出迎えをどうするべきか考えなければならなくなったのだった。

翌日——。

(氷室美岬さん、氷室さん……かな？　いきなり美岬さんは馴《な》れ馴れしいし……)

空港までの電車に揺られながら、悠里は考えれば考えるほど膨らむ妄想を抑えて、まどろんでいた。

結局、氷室については加奈に聞かされた情報以外、詳しくはわからなかった。けれど、加奈と北村の態度から、ふたりは明らかに何かを隠していると疑わずにはいられなかった。

成田《なりた》空港までの暇つぶしに、本でも読もうと持ってきていた室井慶次《むろいけいじ》のミステリー小説も、気が散って頭に入ってこない。

彼の小説は、デビュー当時の物から最近の物まで、すべて買い揃えている。『室井の小説に出会ってから、この道を選んだ』と言っても過言ではない。

室井に憧れて、ミステリーものを書いてみたこともあったが、どんなにあがいても納得のいくものにはならず、自分には文才などないのではないかと悩んだ。

自費で本を作っていた頃、同人フェスで数人の学生が、ユーリの作品について話しているのが気になって、こっそり聞き耳を立てたことがあった。しかしその内容は、作品の酷評やユーリを中傷するようなものだったため、ショックを受け、それがトラウマになってしまった。

また、小説サイトに投稿した作品のレビューを見るたびに一喜一憂して、一時期スランプに陥ったこともある。

（あの時のスランプはどうやって抜け出したんだっけ……？）

小説が売れてくると、スランプに陥っている暇などないくらい、いろいろなことに忙殺された。だから、どうやって立ち直ったかなんて、もう覚えてはいない。

そんなことをあれこれ考えているうちに、ターミナルの駅に着いた。

昨夜、何度も加奈から電話がかかってきて、『遅刻するな』と念を押された。おかげであまりぐっすり眠れず、気だるいまま家を出て、結局一時間も早く空港に着いてしまった。氷室が現れるであろう出口まで行き、待ち合い用の硬いソファの隅に腰を下ろす。

（暇だな……そうだ、人間観察でもしよう）

これも悠里特有のクセのようなものだ。待ち合わせに早く着いたら、いつも周りにいるカップルやグループを眺めては、ネタになるようなシーンを探している。

視線を巡らせていると、ふと涙ぐむ女性とそれを宥める男性の姿が見えた。

(喧嘩《けんか》かな? うーん、でも違うみたい……。お、なんかいい文章が浮かんだ)

すかさずポケットから小さなメモ帳を取り出して、頭に浮かんだ文章を書きとめると、満足げにひとり頷く。

そして、バッグの中から『大海出版　氷室美岬様』とデカデカと書かれた恥ずかしいボードを首から提げた。

(氷室美岬……氷室美岬……)

先ほどから頭の中で、その名前が不思議とぐるぐる回りだしたので、どんな人なのか想像してみた。

履歴書の顔写真を見なければ、女性だと言われても違和感のない名前でもある。

(実は履歴書は偽装で、本当は女の人とか? もしくは、めちゃくちゃアメリカンヒッピー風の人だったりして? はたまたストリート系のラッパー風だったり?)

編集者はあまり堅苦しいスーツなど着ないイメージだが、だからといってあまりにもアメリカンナイズな人だったら……と妄想してしまう。

――何々？　僕の好きなものを聞きたいの？　ピザとコーラに、映画を見ながらのカウチポテトだよ。それから、週末は決まって庭でバーベキューさ。

――な、なんか……すごくキラキラしてるものが背景に……。

――キラキラしているのは、君だって同じだよ、スィーティ。

――ス、スィー……ティ⁉


「はっ⁉」

悠里はブンブンと頭を振って、恥ずかしい妄想をかき消した。

（こんな編集者だったら、ある意味、大変そうだな……）

氷室美岬という人物が、一体どんな人なのか、考えるのも少し面倒臭くなってきた頃、悠里は心地よい眠気を感じ始めていた。

（……でも、ここで寝るわけには……）

睡魔にあらがいながらも、ほどよく効いている暖房の暖かさに誘われて、意識は徐々に眠りの奥へと沈んでいった――。


青い海、白い雲、キラキラ輝くオーシャンビューを一望できるテラス席で、悠里は本を読みながらウトウトしていた。

アルファー波が脳から出始め、波の音が耳に心地よい。

——悠里様、いくらお天気がいいといっても、海風を甘く見てはいけませんよ。風邪などひいたら大変です。

——あ、あなたはいつぞやのイケメン執事様!? ……もしやこれは、先日の夢の続き?

——可愛い寝顔でいらっしゃいましたね。本当に……あなたはいけない人だ。

——い、いけない人だなんて……ふふ、なんだかふわふわして気持ちがいい……。

——悠里様……よだれが垂れておりますよ、私が拭って差し上げましょう。

——え? よだれ? 拭う? そ、そんな……恥ずかしい!

——そろそろ起きてください。日が沈みますよ、悠里様? いい加減にしないと、私も怒りますよ?

——う、うん……もう少しだけ……だって昨日は全然眠れなかったし……。

「眠れなかったのは、誰の責任だ? 俺のせいじゃねぇだろ?」

（へ……？）

「おい！　とっとと起きろ！」

怒気を含んだ低い声とともに鼻をぐいとつまみ上げられて、悠里は夢想の世界から無理やり三次元に引き戻された。

「っ⁉　ふぎゃっ」

「……あれ？」

ずれたメガネをかけ直しながら、人の気配を感じて見上げてみると、そこには――。

「ようやく目が覚めたか？」

見開かれた悠里の目の先には、口をへの字に曲げて眉間に皺《しわ》を寄せた、端整な顔立ちの男がいた。

「私のイケメン執事様は……？」

「あぁ？　お前、まだ寝ぼけてるんなら、今すぐここで水ぶっかけてやろうか？」

そう言いながらその男は、手に持ったペットボトルのフタを開けると、本気で傾けようとした。

「わわわ！　ごめんなさい！　あの、もしかして、あなたが氷室美岬さん？」

（そういえば、履歴書の写真の顔と同じ……よーな？　確かに誰が見たってイケメンだけど……いきなり水かけようとするなんて、やることがめちゃくちゃすぎる！）

悠里は慌ててそのペットボトルを押し戻すと、目の前に立っている容赦のない男をもう一度見上げた。

「そうだけど？　ったく……人の名前をデカデカとぶら提げて、こっちまで恥ずかしいだろ」

氷室はフンと鼻を鳴らして、腕を組んだ。

（そうだ……私、氷室さんて人を迎えに空港に来て……それから……）

脳がようやく稼働し始めて、現状を把握しだす。悠里は氷室を待っている間に寝てしまっていたのだ。

そして、ほんわかと夢想を堪能している間に飛行機が到着して、相手のほうに人探しをさせてしまった……。

すると、氷室は腕を組みながら、品定めをするように悠里をまじまじと見据《みす》えた。

（と、とりあえず！　まずは自己紹介から……）

「マ、マイネームイズ――」

「おい……なんで日本人相手に英語なわけ？　もしかして、お前、馬鹿なの？」

氷室は目を細めて睨《にら》みつけてきた。

「……えーっと、あはは……そ、そうですよね」

（き、緊張しすぎて……!!　私、何やってるんだろ）

氷室は優に百八十センチはある中肉中背のスラリとした体型で、腰の位置が半端なく高い。綺麗な鼻梁と同じように、輪郭もすっとしていて、それが整った顔立ちをさらに際立たせている。

特に芯の強そうな切れ長の黒い瞳が印象的で、サラサラの髪は深みのある栗色だ。

「高峰悠里……です。すみません、なんだか探させてしまったみたいで」

「別に、そんな恥ずかしいボードを首から提げてれば、誰だってすぐにわかる」

氷室は人差し指でボードを差しながら言った。

「あははは。そ、そうですよね」

悠里は我に返ると、慌ててボードをバッグにしまい込んだ。

（恥ずかしいから嫌だって言ったのに！　加奈の馬鹿）

「お前があの『愛憎の果て』の作者か？」

『愛憎の果て』というワードに、思わずぴくりと反応してしまう。

「は、はい……そうですけど」

「……ふぅん」

氷室は目を細め、何か言いたげにじっと悠里を見つめた。

「あの、何か……？」

メガネのブリッジを押し上げて、氷室を見上げたその時――。

「ブサイクな女だな」

「へ？　ブブブサ、ブサイク⁉」

一瞬、何を言われたのかわからず、氷室の言葉をオウム返しするも、どもってしまった。

「あ、いや、なんでもない。空耳だろ？」

氷室は何事もなかったかのように、あさっての方向を見ている。

（空耳⁉　バッチリ聞こえた！　私のこと『ブサイク』って言ったよ、今！）

「悪い。思ったことはストレートに言う主義なんだ、俺」

氷室は悪びれる様子もなく、フンと鼻を鳴らした。

すかさず『だったら空耳じゃないでしょ⁉』という言葉が喉元《のど》まで込み上げたが、必死にそれを呑《の》み込んだ。

ここで事を荒立てても、余計な体力を使うだけだ。

「あの、氷室さんが来たら、そのまますぐに大海出版まで案内してほしい、って言われてるんですけど……」

埒《らち》のあかないやり取りはやめて、話の矛先を変えることにした。

（とにかく、この人を大海出版に連れていかなきゃ……）

一緒にいればいるほど、氷室の不遜《ふそん》な態度に不安が増していく。

「着いて早々に仕事させる気かよ。ホテルで仮眠してから、夕方にでも顔を出せばいい。悪い、一服してくるからここで待ってろ」

「……はい？　え？　ちょっと――」

氷室は悠里を無視して、喫煙室のほうへスタスタと行ってしまった。

（な、なんて自由な人なの……！）

悠里は、北村が氷室のことを自由人だと言っていたのを思い出した。そして、そんな氷室を呼び止めることもできずに、ただ呆然《ぼうぜん》と彼の背中を見つめることしかできなかった。

『あははは、えーっと、氷室さんってそんな人だったっけ？　でも、氷室さんと会えたのね？　よかった、よかった』

「もう！　加奈！　とぼけちゃって、始めからわかってたんでしょ⁉　それなのに北村さんとグルになって隠すなんて……。なんなのよ～、あの野生動物！」

『いやー、氷室さん、あんなだけど、めちゃくちゃ仕事デキる人だって聞いたよ？』

「仕事がデキる、デキないの話してないし！」

氷室が喫煙室のガラス越しに煙草《たばこ》をふかしながら、スマホで誰かと話しだすのを確認すると同時に、悠里は光の如く自分のスマホを素早く取り出して、加奈に電話をかけたのだ。呑気《のんき》な加奈の対応に呆れて、ものが言えなくなってしまう。

「ねぇ、どうするよぉ、会社には夕方に行くって言ってるけど……」

『えぇっ⁉　もう！　ほんと個人プレイやめてほしいんだけどなぁ……。でも今日中に顔出すなら、まだマシか……。悠里、私がいなくても、氷室さんと頑張るのよ』

その言葉に、加奈があと一週間足らずで退社するということを思い出して、ますます気が重くなった。

「加奈ぁ、私、先行き不安だよぅ……」

「何が不安だって？」

「ひっ！」

不意に背後からかけられた低い声に驚いて、思わず電話を切ってしまった。

振り向くと、氷室がすぐ間近でからかうように悠里を見下ろしている。近くで見れば見るほどその綺麗な顔立ちに、悠里の心臓は妙に高鳴った。

「ふぅん、北村さんが言ってた俺が担当する作家って、やっぱりお前のことだったんだな。高峰悠里ね」

すると、氷室が一瞬ふわりと笑った。

先ほどまでの高飛車な雰囲気とは打って変わって、その爽やかさに悠里の目がとろんとなりかける。

（わ、笑った！　あぁ〜、王子様がついに降臨⁉）

まるで脳が溶かされてしまいそうなその笑顔に、何も言えなくなってしまった。

「付き添いはここまででいいから、お前は帰れ」

「へ……？」

「だから、付き添いとかもういいから、帰れって言ってんだよ」

〝天国から地獄へ突き落とされたような気分〟とは、きっとこういう時のことを言うのだろう。ほんの一瞬、向けられたあの爽やかスマイルは、一体どこへ消えてしまったのか。

そのギャップにどうしていいかわからず、戸惑ってしまう。

「えーっと、わかりました。ふつつか者ですが、よろしくお願いし――」

その時、氷室が手のひらサイズの紙袋を、ぶっきらぼうに目の前に突き出した。

「え……?」

「これ、お前にやるよ。向こう出る時、ストリートで買った物だ。日本に着いてから、これにそっくりな奴がいたらそいつにやろうと思ってた。記念に取っとけ」

言われるがままそれを受け取ってしまい、何が入っているのかと親指で軽く押してみると、なんとなくキーホルダーのような硬い感触が伝わってきた。

「あ、ありがとうございます」

「じゃあな」

「え? ……ちょ、ちょっと!」

引き止める言葉をかけた時には、氷室はすでにクルリと背を向けて、タクシー乗り場へ向かってしまっていた。

(氷室美岬、なんなのよぉ!)


空港からの帰り道に、いくつかの本屋に立ち寄ってから、コンビニでマイブームのカルビ弁当とモンブラン、缶ビールを買った。そしてよろよろと家に着いた時には、すでに夜になってしまっていた。

（今日はいろいろありすぎた……）

コンビニ袋から最初に缶ビールを取り出し、プルタブを開けると、グビッと喉を鳴らしてひと口飲んだ。

「ぶっはぁ！　喉ごし最高！」

その飲みっぷりのよさに、『ビールのＣＭ依頼が来て、その制作会社の社員がイケメン』というひと時の妄想を楽しみ、だらだらとテレビを観ながらのんびり過ごした。

キッチンは、料理をしないことを前提としたような狭さで、一週間のうち三日はコンビニ弁当で済ませている。たまに友達と外食するが、基本的には引きこもって仕事をしている。そんな時、作家ほど孤独な職業はない、とつくづく思ってしまう。

（新作の小説、まだプロットできてないや……。もう日付も変わっちゃってるし、今日はもう寝よう。眠い）

プロットとは、ストーリー全体の大まかなあらすじを記したもので、設計図のようなものだ。

背中をベッドにもたれさせて、しばらく満腹至極の幸せを味わっていると、突然スマホが鳴った。

（こんな時間に誰だろう……）

見知らぬ番号に警戒しながらも通話ボタンを押した。

「はい。高峰です」

『あ、俺だけど。悪い、さっき言い忘れた。明日の朝九時に、新作のプロットをうちの会社まで持ってこい』

「……へ？」

『その場で直接、打ち合わせするから』

名前も名乗らないまま、唐突にぶつけられた言葉に唖然《あぜん》とする。

「あの、間違い電話じゃ……」

『お前、もう自分の担当者の声、忘れたのか？』

「ひ、氷室さん⁉」

人の名前や顔はあまり忘れないほうだが、初めて会った人の声をその日に覚えられるほど、記憶力がいいほうではない。

「い、今、なんと……？」

『明日までに……あぁ、日付が変わったから今日だな。登場人物のプロフィールも含めて、新作のプロットを二万字前後でまとめてこい。じゃあな』

「あ、あの！　……って、切られたし！」

氷室は押しつけるように用件だけ言い終わると、早々に電話を切ってしまった。

（い、今、何時⁉）

スマホのデジタル時計を確認すると、すでに夜中の一時近い。

まだ何も考えていなかったのに、朝イチで持ってこいという命令が下り、夢現《ゆめうつつ》な気分から一気に現実に突き落とされた。

（馬鹿ぁ！　言い忘れたって何よぉ！）

暴言を心の中で吐きまくりつつ、仕方なくパソコンの電源を入れた。


——数時間後。

すでに夜が明けようとしていて、東の空がうっすら白んでいた。

（はぁ……どうしてこの時間に食べるカップラーメンって美味しいんだろ……でも、絶対に健康にはよくないよね）

休憩と称して、だらだらとパソコンに向かっては、ゴロゴロしたり、いけないと思いつつもコンビニへ行って、食品をたんまり買い込んだりしてしまった。

某有名ブランドのヌードルをずずっと啜ると、メガネが曇《くも》ってわずらわしい。

（ダメだ。コンビニの近くに住むと太るっていうのは、あながち嘘じゃないかも）

パソコンの画面と睨めっこしながら、眠気覚ましのドリンクをグビグビ飲んだ。

いきなり二万字のプロットを書いてこい、だなんて横暴だ。

あらかじめ案があったのなら話は別だが、白紙の状態からの考案は、結構厳しいものがある。

新作は、明治初期を舞台に、対立する家柄の男女の恋愛模様を漠然と考えていた。『ロミオとジュリエット』的な設定だ。

先に発表した『愛憎の果て』は同じく明治初期の、子爵の娘と使用人の男との身分違いの恋愛ものだった。子爵の娘が使用人との恋に溺《おぼ》れて、彼の暗躍のせいとも知らず、気がついたら遊女に成り下がっていた……というストーリーだ。

官能要素も盛り込まれた人間臭い描写が巷《ちまた》で話題になり、発売から半年以上経った今でも、人気は衰えていなかった。部屋の隅に置かれた山のようなファンレターは、もちろん励みにもなるが、逆にプレッシャーでもある。

『ファンあってこその作家なんだから』と、加奈に何度も言われてここまできたが、新任の氷室のことを思うとため息が出る。

（あ、そうだ……）

ふと空港で氷室からもらった物を思い出し、バッグの中からそれを取り出して、紙袋を開けてみた。

すると――。

「こ、これは……！」

紙袋から出てきたのは、おどろおどろしいシルバー細工のドクロのキーホルダーだった。

左右にゆっくり揺れながら、ドクロの両目がキラリと光っている。なんとなく、そのドクロが悠里を小馬鹿にして笑っているように見えた。

『これ、お前にやるよ。向こう出る時、ストリートで買った物だ。日本に着いてから、これにそっくりな奴がいたらそいつにやろうと思ってた。記念に取っとけ』

（そっくりな奴って……私⁉）

ドクロのキーホルダーなんて、衝動買いだとしても趣味が悪すぎる。黙っていれば誰もが振り向く美男子なのに、つくづく残念だ。

（こんなの絶対つけないんだから！）

キーホルダーを見ていると、ますます脱力してガクリと突っ伏した。

第三章　女子力

翌朝――。

平日の満員電車に揺られ、悠里はメガネを上げて眠たい目を擦《こす》りながら、大海出版へ向かっていた。

(結局、一睡もできなかったな……)

長編小説のプロットをあんな短時間でよく書き上げたな、と思いつつも、よく見ると粗《あら》が目立つ。けれども未完成品を持っていくよりはまだマシだと思い、夜が明けて雀《すずめ》がチュンチュン鳴く声とともに、プリントアウトしてまとめたのだった。

(自分にできることはすべてやった……。まったく、いきなり会社まで原稿持ってこいだなんてさ。まぁ、打ち合わせも兼ねてだから仕方がないのかな……それにしたって俺様もいいとこだよね)

ぶつくさと文句を並べて、バッグの中から手帳を取り出した。

スケジュール帳に予定を書き込むように加奈に習慣づけられてから、ようやく手帳を使うことに慣れてきた。細かいことに頓着《とんちゃく》しない性格のため、前は打ち合わせに遅刻したり、日程を間違えたりしていたのだが、それを見かねた加奈がアドバイスしてきたのだ。

（そういえば、今月ももうすぐ終わりかぁ、あと数日で加奈がいなくなっちゃうなんて寂しい……。最後にもう一回、会いに行ってみようかな。けど、出産帰省の準備ならきっと忙しいよね……）

加奈は今月いっぱいで大海出版を退社する予定になっている。加奈のことだから、引き継ぎ業務はすでにこなして、今頃、有給休暇の消化で休んでいるかもしれない。

（氷室さんか……）

加奈の後任の氷室という男のことを思い出して、小さくため息をついた。

氷室はかなりストイックな性格に感じられた。自分と相性が合わないことはわかり切っている。

（でも、もしかしたら……紆余曲折《うよきょくせつ》あって、お互い想い合う仲になったり……って、ないない！　絶対ない！）

なんて恐ろしい妄想をしようとしていたのか、と首を横にブンブン振って『今のはナシ』と何も考えなかったことにすると、いつの間にか大海出版のエントランスをくぐっていた。

「すみません、文芸部の氷室さんとの打ち合わせで来たのですが……」

バッチリ化粧が決まっている受付嬢に引け目を感じながらも、おずおずと声をかける。

「いらっしゃいませ。そのまま四階のミーティングルームへどうぞ」

「あ、ありがとうございます」

そそくさとエレベーターホールへ向かうと、背後で受付嬢たちのヒソヒソ声が聞こえてきた。

「ねぇ、あの人がユーリ先生だって知ってた？」

「ええっ⁉『愛憎の果て』の作者？　嘘！」

「ほんとだってば」

「へぇ、作品はあんな色っぽい話なのに、書いた本人は案外地味なのねぇ……」

「シッ！　聞こえるって」

（もう全部聞こえてます……。地味で結構ですよーだ）

そう思いながら、うつむいてエレベーターに乗り込んだ。

今日も黒ブチのメガネに、ジーンズにスニーカーだ。髪の毛も大ざっぱに後ろで束ねただけ。加奈にはいつもイモっぽいとからかわれるが、特に気にしていない。

けれど、こんな恰好でも笑って許してくれる加奈は、もういなくなる。

（こんなペンだこのある指じゃ、指輪もマニキュアも似合わないよ……）

作家の勲章であるペンだこをずっと誇らしく思ってきたが、先ほどの受付嬢の白魚《しらうお》のような手を思い出すと、ペンだこが疎《うと》ましくなってきた。

昔はパソコンを買うお金もなかったため、ずっと手書きをしていて、ペンだこはその時にできたものだ。

今は執筆にはもっぱらパソコンを使っているが、手書きは文章を書いている実感が湧くので嫌いではなく、今でも時々、思いついた文章があれば手書きしている。そのせいか、ペンだこはなかなか消えてなくならない。

（いつか私もオシャレして出かけてみたい。でも、きっと私には似合わないいんだろうな……）

自分の指を撫でながら、そんなことを悶々と考えていると、四階のミーティングルームに着いた。

編集部はいつもざわついていて静まることがない。加奈と打ち合わせをする時はカフェテリアか、このミーティングルームをよく使っていた。

上着を椅子の背もたれにかけて、ゆっくり椅子に座ったところで、あの男が出入口から姿を現した。

「ああ、今、来たのか」

「あ……氷室さん、おはようございます」

時計を見ると午前九時だった。ちょうど、ほかの社員たちも出勤し始めてくる頃だが、氷室はすでに数時間前から仕事をしているような雰囲気だった。

ここへ来る前に一服したのだろうか、コーヒーを片手に氷室が自分の向かい側に腰かけると、ふわっと煙草の匂いが漂ってきた。

悠里はこの微《かす》かに香る煙草の匂いが好きだ。その匂いに、なぜか表現しがたい大人っぽい魅力を感じてしまうのだ。決して誰にでもそう感じるわけではないが、特に氷室には煙草が似合う、と直感で思った。

「氷室さん、日本に着いたばかりなのに……疲れてないんですか？　時差ボケとか」

疲れていないわけがないのに、一発目に飛び出た質問があまりにも愚問すぎて、言わなければよかったと後悔した。

氷室はコーヒーを口に流し込みながら、クスリと笑った。

「編集者で疲れてない奴なんていないんじゃないか？　それでもやらなきゃならないのが仕事だろ」

「は、はい……ごもっともで」

「んで？　お前はその仕事をちゃんとやってきたのか？　見せてみろ」

まるで親に通信簿を見せる時の心境で、昨日、急いで作成した新作小説のプロットをドキドキしながら手渡した。

窓から射し込む陽に照らされた氷室の顔は、うっとり見とれてしまうくらい整っていた。

ラフに着崩した胸元から覗いている肌は意外にも白く、見ただけで滑らかな感触が伝わってきそうだった。髪質は猫っ毛のようで、思わず指を滑らせてしまいたくなる。

そんな柔和な外見とは裏腹に、原稿の文字を追うその瞳の動きは一字一句見逃すまいとする鋭さで、悠里の心音は高鳴りっぱなしだった。

「おい」

「……は、はい⁉」

突如、低い声で呼びかけられ、反射的に背筋を伸ばした。

「これ……」

「はい」

氷室の表情は冷ややかで、不安が徐々に大きくなる。

「全然ダメ」

「え……?」

一瞬、なんのことについて言われているのか、わからなかった。

氷室がため息をつきながらプロットを机にバサリと置くと、ようやくその言葉の意味を理解した。

「プロット……ダメ、でした?」

悠里はしばらく呆然とプロットを眺めたあと、氷室の顔色を窺《うかが》うように、恐る恐る顔を上げた。

氷室は腕を組んで鼻を鳴らすと、トントンと原稿を指差しながら言った。

「これじゃ手の施しようがない。全部最初からやり直したほうが賢明だな」

「えっ⁉」

氷室は冷たくプロットを見下げると、ビリビリに破いてゴミ箱に捨てた。

「あ……!」

原稿がゴミ箱にパラパラと紙ふぶきのように散っていくのを見ながら、あまりのことにただ唖然とするしかなかった。

「ひ、ひど……い」

「は？　ひどい？　あぁ、お前の原稿のことか？　よくわかってるじゃないか」

悠里の絞り出した声は弱々しく震えていたが、氷室は無表情で、意に介さないようだった。

（そんな、捨てなくったって……。せっかく寝ないで頑張ったのに……）

そう思うと、怒りが沸々と湧いてきた。思わず唇を噛《か》んで、拳《こぶし》を握る。

「だいたい、プロットを書くよう言い忘れてたの、そっちじゃないですか。編集者としては、あるまじき失態ですよね？」

かっとなって口が滑ると、氷室は悠里にますます冷たい視線を向けた。

「新作のプロット作成は、だいぶ前から武藤に言われてたと思うけど？　まさか、まっさらな状態からこれを書いて持ってきたんじゃないだろうな？」

（う……そうだった……）

実は三週間前から、加奈に新作のプロットを出すように催促されていた。けれど、なかなかいいアイデアが思い浮かばず、日にちが過ぎてしまっていたのだ。それを氷室に見透かされていると思うと、勝ち目はなかった。

「俺はてっきり、もうでき上がっているものだと思ってたけど？」

言い訳する余地も与えず、氷室は呆れた様子で頬杖をつき、足を組んだ。

「うぅ……」

それを言われてしまうと立つ瀬がなくなってしまう。強気に出てみたが、明らかにこちらの分が悪い。

氷室はギロリと悠里を睨んだ。

「いくら叩き上げといっても、こんないい加減なプロット、よく持ってこれたな。仕事をナメるな」

「な……っ⁉」

悠里は、手のひらに指を食い込ませるように拳を握った。

「あんなプロットじゃあ、絶対に売れない。展開が見え見えだからな。お前だってわかってただろ?」

(この人、全部見抜いて言ってるんだ……)

展開が見え見えでも、読み手を引き込めるような文章でカバーできれば、と少し甘い考えを持っていたことは確かだ。氷室はそれを見抜いていた。

悠里にとって、氷室美岬という男は、予想以上に手ごわい相手だった。

『すっごく仕事がデキる人だから』

その時、前に加奈が言っていた言葉を思い出した。

（仕事がデキる人……か。こういうことだったのね）

「お前の新作は、月刊『艶人《つやびと》』に来月から連載する予定だ」

「ええっ⁉」

ぼんやり考えていると、氷室が何かの資料を確認しながら言った。

月刊『艶人』は社会人女性をターゲットにした、恋愛小説の文芸雑誌だ。

〝つやびと〟という名の通り、艶っぽいテイストの作品が多く、レトロな時代のストーリーを取り上げているのも特徴のひとつだ。『愛憎の果て』も二年前に連載されていた。

この雑誌で連載を持っている作家は、一応売れっ子と称される。

けれど、『艶人』で作品を連載できる作家はほんのひと握りで、油断しているとすぐにほかの作家に枠を取られてしまう。現に『愛憎の果て』の連載が終わって新作を練っている間、あっという間に別の作家の連載がスタートしてしまった。

すぐに新作を書いて浮上しないと、どんどん埋もれていってしまう。作家業界も案外シビアな世界なのだ。

恐縮してどんどん小さくなる悠里に、氷室は辛辣《しんらつ》な言葉を容赦なく浴びせる。

「けれど、この小説じゃあダメだ。編集長の北村だって、ＯＫを出さないぞ。この設定、筋書きじゃあ、読みたいとは思わないからな。これじゃ、お前の自己満足小説だ」

「自己満足……小説……？」

「売り出すということは、読み手の期待に応えなきゃならない。読者がどういうものを読みたいのか考えろ。それができなきゃ……」

氷室の鋭利な目がこちらを向くと、悠里は思わず喉を鳴らして唾を飲み込んだ。

「作家をやめろ」

「え……？」

「作家は書けなくなったら終わりだ」

無遠慮なもの言いに悠里は絶句し、金魚のように口をパクパクさせた。

それでも氷室は、表情を一切変えずに手厳しく言う。

「作家とは名ばかりのもの書きが、この世にどれだけいると思ってる？　読み手の目を引きつけて初めて、小説は売れる」

（この人は厳しい……厳しすぎる）

一瞬、『そこまで言わなくても……』とも思ったが、氷室の言葉は不思議と胸にすとんと落ちた。

なぜなら、今までの編集者とは違う何かを、氷室から感じたからだ。

加奈は笑顔でいつも励ましてくれるし、時にはおだてて『悠里ならできる』『悠里なら頑張れる』と持ち上げてくれた。

（氷室さんは……そういうおだてやお世辞を言わない、率直な人だ）

「お前、『愛憎の果て』という傑作を生み出した自覚をもっと持てよ。せっかく描写が綺麗なんだしさ」

「でも、その作者はブサイクですけどね」

氷室に言われっぱなしで面白くないと、ここぞとばかりに小さな抵抗を見せる。

すると氷室は一瞬驚いたような表情をしたあと、すぐに噴き出して笑った。

「お前、案外、根に持つタイプなんだな。だからブサイクって言われるんだぞ。ネチネチの納豆女」

「な、なななな、納豆!?　も、もう……」

ものすごい例えに、ムキになって反論しようとしたが、無邪気にクスクス笑う氷室に、何も言えなくなってしまった。

「ブサイクでいいんですよ。小説を書くのにオシャレとか必要ないですから」

「お前はオシャレというより、それ以前の問題だな。例えば……」

そう言って氷室は不意に椅子から立ち上がると、身を乗り出して顔を悠里に近づけた。

「っ⁉」

氷室の唇が近距離で目にとまると、心臓がびくんと跳ね上がった。

「昨日、焼肉食べただろ？　臭うぞ」

「……へ？」

（に、臭う……？　恥ずかしいぃ‼）

昨日、まさか出版社に呼び出されるとは思いもよらず、確かにコンビニのカルビ弁当をモリモリ食べた。それを嗅《か》ぎつけられてしまうなんて、恥ずかしすぎて地球の裏側まで穴を掘って、埋まりたい気分だ。

「女子力は皆無だな」

「ううぅ……そんなトドメを刺さなくても」

「けど……」

氷室は、悠里の椅子の背もたれに引っかけてあったバッグに目を向けると、小さく目を細めて笑った。

その視線の先には、昨日、氷室からもらったドクロのキーホルダーがある。

『絶対にこんな物つけない！』と思っていたが、せっかくもらったのだから、と考え直して取りつけたのだ。

「ふっ……案外、可愛いとこもあるんだな」

「だ、だって！　その、私に似てるって言われたら……なんか、なんとなく愛着湧いたっていうか。本当は私、こういう趣味ないんですけど、せっかくもらったんだし」

（わぁ！　私、何言ってるんだろ……氷室さん、呆れた顔して引いてるよぉ）

「ぷっ！」

両膝《ひざ》をつかみながら、真っ赤になってうつむいていると、頭の上で氷室が思い切り噴き出した。

「あはは、お前、面白い奴！」

氷室はおかしそうに腹を抱えている。

（わ、笑ってる……さっきまであんな怖い顔してたのに！）

氷室の意外な一面を見たような気がして、瞬《まばた》きさえも忘れてしまった。

（氷室さんの笑った顔……いいな）

顔をくしゃくしゃにしている氷室を見ているうちに、先ほどまでの険悪な雰囲気もすっかりなくなり、悠里も頬を緩める。

氷室はひとしきり笑い終えると、そのまま悠里のそばへ回り込み、彼女の頭の上にぽんっと手を乗せた。

その手のひらの感触が、じんわりと伝わってくる。

「明日、十八時に俺が泊まってるグランドパークホテルのロビーに来い」

「え……?」

「いいか、遅刻すんなよ?」

「明日も仕事ですか?」

明日は土曜日。

普通なら休日だが、出版業界に休日はあってないようなものだ。それに、氷室は休日であっても、仕事をしていそうな印象だ。

「北村に『日本に来て早々、休日出勤なんかするな』って言われた。『休める時に休んどけ』ってさ」

「じゃあ、なんで私なんかと会わなきゃならないんですか? 会社は休むけど、ホテルで、書き直したプロットのチェックでもするつもりですか?」

不思議そうに言うと、氷室は口の端を上げて笑った。

今まで気づかなかったが、氷室は言うことは厳しいが、笑うと人懐っこく見える。

なんとなく親近感を覚えて、つい心を許しそうになってしまう。

(いけない、いけない。私、何、親しみを感じてるの。氷室さんは仕事相手なんだか

ら）

するとーー。

「書き直したプロットをもらうついでに、お前を連れていきたい所がある」

「……え？」

一瞬耳を疑った。

男性に『連れていきたい所がある』などと言われたことがなかったため、思考回路が停止した。そして、ようやくその意味を理解すると、とんでもないことに気がついた。

（これって、まさか……デートのお誘い⁉）

プロットを破り捨てられて、失意のどん底に突き落とされたかと思えば、今度は『連れていきたい所がある』と笑顔で言われ、氷室という男がだんだん理解不能になってきた。

「じゃ、わかったらもう帰れ。俺はこれから会議に出る」

「は、はい……失礼します」

すると、氷室がポケットの中から、何かをゴソゴソ取り出した。

「口、開けな」

「……は？」

『いいから、つべこべ言わずに口を開けろ』と催促するように、氷室が顎でしゃくってくる。

わけがわからず、とりあえず言われた通りにおずおずと口を開けると、コロンと何かが放り込まれた。

「っ⁉」

甘くてほのかに酸《す》っぱい味が口内に広がって、それがアメだということにようやく気づいた。

「お前、面白い顔してんな」

「もう！　いきなり何するんですか！　それに、人の顔見て面白いだなんて――」

「別に。俺は正直者だからな」

悠里が、ふてぶてしくニヤリと笑う氷室を上目遣いで睨むと、彼は『それがどうした』というように鼻を鳴らした。

「失礼します！」

（もう！　氷室さんの意地悪！）

悠里は無言でアメ玉を口の中で転がしながら、氷室を残してミーティングルームをあとにした。

（うぅ……ひどい。これでも純情な乙女なんだからね！）

歩きながら、氷室とのプロットのやり取りを思い出すと、鼻息が荒くなるほどイライラした。

（それにしても、この味なんだっけ？　思い出しそうで思い出せない……。うーん、ま、いっか）

鼻から抜ける甘酸っぱくて爽やかな香りに、気持ちがだんだん落ち着いてくると、つくづく氷室には似つかわしくないフレーバーだと感じた。そして、あまりのミスマッチさに、思わず笑みがこぼれてしまった。

帰りにひとりでカフェに入ったり、途中本屋に寄り道したりしていると、あっという間に時間が過ぎて夕方になってしまった。

行きつけのコンビニで大量のスナック菓子と、夕食のたらこスパゲッティを買い込んで家に着くと、有給休暇を消化中の加奈に、どうしても今日の愚痴《ぐち》を聞いてほしくて電話をかけた。

『だぁから言ったじゃない。それは自業自得だよ』

加奈は悠里の泣き言を同情しかねる様子で、ハイハイと相槌を打ちながら聞いていた。

「そんなこと言ったって、わざわざ書いたプロットをビリビリにされたんだよぅ」

慰《なぐさ》めと同情の言葉を求めるなんて子供みたいだと思いつつ、つい友人に甘えてしまう。

『氷室さんは仕事に厳しい人だって、あれだけ言ったでしょ？　あまりにも相性が合わない作家さんが、ギブアップしちゃったこともあるくらいなんだから。あんた、早速ギブアップしたいわけ？』

「それだけは嫌だ！　私にだって意地があるもの」

『だったら、うじうじ言ってないで頑張んなさい』

「うん、そうだよね……」

まるで母親のように諭《さと》されると、だんだん情けなくなってきて、愚痴をこぼすのはやめた。

『逃げるのが嫌なら立ち向かえ』と言われているような気がした。

確かに氷室は厳しくて、言葉もきついところがある。けれど、いくら嫌でも担当を変えてほしいとは思わなかった。

「あ、そうだ明日、氷室さんと出かけることになったんだ」

突然、思い出したように話を変えると、加奈は素《す》っ頓狂《とんきょう》な声を出して驚いた。

『……は？　えええぇっ⁉』

「うわっ」

その加奈の大きな声に、思わず耳からスマホを引きはがす。

『な、何それ⁉　あの氷室さんが？　だって、明日は休日だよ？　あの人、自分の休みにわざわざ人に会うイメージないんだけど』

一体、加奈は氷室のことをどこまで知っているのだろうと思いながら、ベッドに腰を下ろす。

『あんた、いつものイモルックで行くんじゃないわよ？　ちょっとはオシャレして行きなさい！　メガネもダメ！　ジーンズもダメ！』

「えー、そんなこと言ったって、前に買ったスカートがまだはけるかわかんないし。それにイモルックって……」

加奈の言った通りの服装で行こうと考えていた矢先にダメ出しをされて、へこんでしまう。

『とにかく、氷室さんの横を歩くんだったら、いつもの恰好してると逆に目立つわよ』

「う……」

その可能性は大いにあり得る。氷室がどんなにラフな恰好をしていても、人間そのものが華やかで目立つ。

（あの人の横に自分が並んで歩いたら……考えただけでも恐ろしいわ）

そう思うと、だんだん頭痛がしてきた。

『けど、氷室さんは売れない作家はハナから相手にしない人だからね。悠里も一目置かれてる、って思っていいんじゃない？　あんまり気にしないことよ』

「うん……」

加奈との電話を終わらせて、テレビを観ながら食事を済ませた。

（明日までにプロットを書くなんて、やっぱり無理。もう一度じっくり考えたい）

目の前でなんの躊躇《ちゅうちょ》もなく、プロットをビリビリに破り捨てられた光景が、何度も脳裏に蘇《よみがえ》り、深いため息をつく。

（電話してみよう……）

こうしてテーブルの上で突っ伏していても仕方がない。パソコンのキーボードの上で止まっている手をスマホに伸ばし、今日教えてもらった氷室の番号を呼び出した。

『お前か、なんだ？』

数回呼び出しコールが鳴ると、ぶっきらぼうな声が聞こえてドキリとする。

「お、お疲れ様です。すみません……お願いがあるんです」

『何？』

電話口の向こうから、慌ただしい騒音や声がする。

（もしかしたら、まだ仕事中だったのかな……）

そう思うと早く用件を言わなければ、と気持ちが急《せ》いてしまう。

「プロットを渡すの、週明けでもいいですか？　じっくり考えて練り直したいので」

すると、氷室は少し考え込んでいるようで、しばらく沈黙していた。

そして――。

『ああ、わかった。ただし、リミットは月曜までだ』

「は、はい！」

厳しい氷室のことだから、あっさり拒否されるかもしれないと思っていただけに、彼の返事は意外だった。

『プロットを用意できなくても、とりあえず明日、約束の場所まで来いよ』

「はい、じゃあ……」

『明日十八時にな』

電話を切っても『明日十八時にな』という彼の言葉が、いつまでも頭から離れなかった。

そしてベッドに横になると、妄想スイッチが眠気とともにポチッと入る――。

――ほんと、お前は遊園地とか子供っぽいところが好きだな。

――そ、そうですか……?

――けど、お前の笑ってる顔がいつも見られると思うと、悪くないな……。ほら、悠里、口にソフトクリームがついてる。

――……え?

そう言われて顔を上げると、唇の端に生温かい感触。

――ふっ……アイスクリーム食べるたびに、こうやってお前の口の周り、綺麗にしてやるよ。

――や、やだ。そんなこと……。

――照れなくてもいいだろ? ほら、こっち向けって。今度はお前のことを食べたい。

「っ⁉」

足のつま先がぴくっと伸びて、その反動で目が覚めた。妄想しながら、いつの間にか寝てしまったようだ。

窓の外を見ると、まだ真っ暗だった。

慌てて時計を見ると、明け方の四時。

（あぁ、変な時間に起きちゃったな……）

目の前には、昨夜食べたスパゲッティの空容器が、ローテーブルに広がったままだった。

「女子力……か」

流し台で容器を水でさっと洗うと、コンビニ袋に入れてのろのろと片づけた。

（うーん、眠れない……）

シャワーを浴びてもう一度寝ようと試みたが、身体が温まって、かえって寝つけなくなってしまった。

「えーっと、確かこの辺に……」

どうせ眠れないなら、と引き出しのどこかにしまった化粧道具を探すことにした。

こんな夜中にゴソゴソと自分は何をやっているのだろうと思う。

「あ、あった！」

普段、化粧をしない人種にはほとんどいらない物だが、本当に必要な時は突然やってくる。

（えーっと……中身は——）

「ひぃっ！」

液体ファンデーションのフタを開けると、数年使っていなかったためか、オイルと分離した物がにゅるっと出てきた。アイシャドウチップも、カピカピにひび割れている。

（……女子力ナシ）

そんな言葉が頭の上に、ズシリとのしかかってくる。

（化粧道具くらい、買い直せってことだろうね。よーし！　こうなったら、とことん全部新調してやろうじゃないの！　そうすれば女子力だってメキメキとアップ……するかなぁ）

使い物にならなくなった化粧道具すべてをしばらく見つめ、思いを断ち切るようにポーチごとゴミ箱に捨てた。

第四章　見失っていたもの

そして、翌日――。

悠里は新宿《しんじゅく》にある、滅多に出かけることのないデパートの化粧品売り場で挙動不審な動きをしながら、行ったり来たりしていた。

約束の時間まであと五時間ほど。氷室が宿泊している六本木《ろっぽんぎ》のホテルまで行くには、まだ時間が充分ある。

新しい化粧品を揃えても、ど素人が下手にメイクをするよりは、メイクに慣れた店員に顔を整えてもらったほうがいいだろうと、早めに新宿に出てきた。

(今まで干物女だった私が、急にオシャレしようなんて無茶だったのかも……)

数年前の流行りのスカートを慌ててアイロンがけして、たまにしかつけないコンタクトをしてきた。履《は》いている靴もスニーカーではなく、買ったはいいが結局履く機会のなかったシンプルなパンプスだ。

使い慣れていないコンタクトのせいで、目に違和感を覚えて心地悪かった。さらにスカートをはいてきたため、心もとない足が不快でもあった。

（あ〜なんか目がゴロゴロするし、足はスースーするし！）

慣れないことをしたと後悔し、不快指数が高まりつつあったその時――。

「いらしゃいませぇ。何かお探しですかぁ？」

「えっ……」

キャピキャピした若い店員が声をかけてきて、身体がびくりと反応する。

「えっ、えと……あの、化粧品を探してて……」

「どういったタイプの化粧品ですかぁ？」

「その、なんていうか……」

この歳になって、化粧品のことがよくわからないなんて、恥ずかしくて言えない。

けれど知ったかぶりもできなかった。

「その……ちょっと自分でもよくわからないというか……」

「わからなくても大丈夫ですよぉ。こちらへどうぞぉ〜」

（うぅ……恥ずかしい！）

びくびくした様子を見かねた店員が、悠里を店の奥へと案内した。

（ここって、化粧品売り場だよね？　美容院じゃないよね？）

気がつくと首からクロスをかけられ、髪も後ろでひとつにまとめられて、鏡の前に座らされていた。

「とりあえずぅ、お客様のお肌に合ったファンデーションと、アイシャドウを試しにつけてみましょうねぇ」

「は、はい……よろしくお願いします」

（……とにかく任せるしかない。目をつぶっていよう……これ以上自分の顔を直視していたくない）

鏡の中に映った自分の顔は、薄い唇に低い鼻、全体的に地味で華もなかった。

（今さら自分の容姿のことを考えたってしょうがないよね……）

そう思いながらゆっくり目を閉じた。


——悠里様、悠里様のルージュがいつもと違って、なんだか……ドキリとしました。

——え？　そんな……。

いつの間にかいつもの妄想が始まり、イケメン執事が唇を妖しく人差し指でなぞっている。

——この唇は、まるで熟《う》れた果実のようですね……それに、とても美味しそうです。

——美味しそうって、食べ物じゃないのに……。

——味見してもいいですか？　この熟れた果実は、きっと私に食べられたがっている。

——は、はい、どうぞ召し上がってくださ——。

「はぁい！　できましたぁ！　あぁん、すっごくいい感じですぅ」

「ひゃっ⁉」

うっかり妄想モードに浸ってしまい、鏡に映った自分の顔が目に飛び込んできて、ようやく我に返った。

「こ、これは……」

「今、流行りのシャドウと、チークで血色をよくしてみたんですけどぉ、このマスカラも目力アップって感じで、すごく売れてるんですよぉ」

若い女性店員は、腰をくねくねさせながら自らのメイクアップの仕上がりに満足した様子でニコニコしている。

（これが、私……？　嘘……）

鏡をまじまじと覗き込んで自分の顔を見ると、そこには別人がいた。

二倍にも三倍にも伸びた睫毛《まつげ》、ひと回り大きく見える瞳にぷるんとした唇——。

今まで見たこともない自分の顔に羞恥《しゅうち》さえ覚える。

「で、でも……少し濃い気がするんですけど」

「そぉんなことないですよぅ！　お客様、もしかして普段、メイクされないんですか？　だからそう見えるだけですよぅ」

「そうでしょうか……」

ぽんぽんと気安く肩を叩く店員に眉をひそめながら、とりあえず勧められた化粧品を全部購入することにした。


氷室の宿泊しているホテルがある六本木は、自分には縁のない場所だ。どんな所か想像するとワクワクするが、道に迷うのでは、という不安もある。

新宿から地下鉄で向かう途中、電車の窓に映った自分を改めて見てみた。

(やっぱり変かな……氷室さん、なんて言うかな……)

外はだんだんと日が暮れていって、窓に映る顔が余計に浮かんで見えた。

(やっぱり、自分じゃないみたい。ちょっと濃いかもって思うけど、でもこれが普通なのかな？)

普段、化粧をしないからか、濃さの加減があまりよくわからない。けれど、店員が普通だと言うのだから、そうなのだろうと悠里は自分に言い聞かせた。

六本木通りは週末ともあって、人通りが多く、賑わっていた。

人が苦手な悠里は、うつむきながら歩いて、目的地まで急ぐ。

チラリと周りに視線を向けてみると、肩を並べたカップルや、週末なのにスーツを着た会社員などが行き交っていた。

(みんな、どこへ何しに行くんだろう……)

そう疑問に思いながら、氷室が宿泊しているホテルのエントランスを通り、ロビーのソファに腰を下ろした。

何も考えずに入ってきてしまったが、ホテルはグレードが高そうだった。天井には煌《きら》びやかなシャンデリアがかかっていて、見ているだけで気分が高揚してくる。

しかし、そのゴージャスな空間に自分がいるのが、場違いな気がしてきた。

(氷室さん、どこかな……)

あたりを見渡すと、外国人の宿泊客がやけに目立つ。どこの言語かわからない声が遠くから聞こえてくる。

六本木といえば、各国の大使館が集結しているから、そこの関係者だろうか。

（いいなぁ、こんなホテルに一回でいいから泊まってみたい）

悠里が雰囲気に心奪われていると、いきなり背後から、背の高いブルーアイの外国人が話しかけてきた。

「Excuse me. Are you staying here?（すみません、ここの宿泊客ですか？）」

「……へ？」

「Are you with someone?（誰かとご一緒ですか？）」

ペラペラと異国の言葉を並べられ、悠里の思考回路は完全にストップしてしまった。

「えーっと……」

何も答えられずに、外国人の青い瞳に引き込まれそうになった時——。

「She is with me. What's happen？（彼女は私の連れですが、どうしたんですか？）」

聞き覚えのある声がして慌てて振り向くと、そこには不機嫌な顔をした氷室が腕を組んで立っていた。

「Oh! Sorry. I didn't know that you were with him. Bye（おっと失礼。君がすでに誰かと一緒だなんて知らなかったんだ。じゃあね）」

単なるナンパだったのか、外国人は小さく舌打ちしてその場を去っていった。

恐る恐る氷室の顔を上目遣いでチラリと見ると、背筋が凍るような冷たい目で悠里を見下ろしていた。

「えーっと、サ、サンキューベリーマッチ？」

「馬鹿か、お前」

　氷室は冷めた表情をしている。

　気まずい雰囲気に、悠里は目を泳がせた。

「うっ……だって、なんて言ってるかわかんなかったし」

「お前、あのくらいの英語もわからなかったのか？　ちゃんと中学校卒業したんだろうな？」

『中学レベルの英語だぞ』と言わんばかりのセリフに、言葉が出ない。

「なんだよ、その顔」

　すると氷室が屈《かが》んで、目を逸《そ》らそうとする悠里の顔を覗き込んだ。

「え……？」

　氷室に皮肉を言われたからといって、そんなふてくされた顔をしていたのだろうか。

　ゆっくりと氷室に顔を向けると、呆れ返った様子の彼と視線がぶつかり――。

「こっちに来い」

「わっ！」

氷室はいきなり首根っ子をつかんで、レストルームに悠里を引きずり込んだ。

「な、何するんですか⁉　ここ男性用トイレ――」

「ちょっと黙ってろ」

「え？　な、何……ぶはっ！」

何がなんだかわからないでいると、氷室は濡《ぬ》らした自分のハンカチで悠里の顔をゴシゴシと擦りだした。

「わわわっ⁉　ちょ、ちょっ――」

突然の氷室の奇行に驚いて、ひたすら目を閉じ、されるがままになっていると――。

「その化け物みたいな顔、なんとかしろ」

「ば、化け物って……ひ、ひど……あだだだだだ」

途中で目を開けると、氷室が口を歪《ゆが》めて怒っていて、悠里の頭は混乱した。

「も、もう！　いきなり何するんですか⁉　そんなにさっきの英会話が聞き取れなかったのが、気に入らないんですか⁉　中学はちゃんと卒業してますよ！　成績はとにかく――」

「お前、二度と俺の目の前であんな化粧すんな」

「……へ？」

(け、化粧……?)

柔らかなダウンライトの光に照らされて、鏡の前の味気ないすっぴんの自分と目が合った。店員に施された化粧はほとんど落とされてしまい、地味な顔が氷室にさらされている。

氷室の行動が全く理解できず、彼の怒りの原因が化粧だということに、目が点になってしまった。

(嫌だ……こんな顔、見られたくない)

普段はすっぴんで出歩くのも気にならないのに、氷室に素顔を見られていると思うと、なぜか無性に居心地の悪さを感じた。

「私が化粧してると、何か都合が悪いんですか?」

「うるさい。ブサイクが背伸びすると、ろくなことがないって知ってるか?」

「うぅ……ブサイクってまた言いましたね?」

(鬼! 悪魔! 氷室さんの意地悪!)

所詮、心の中でしか悪態をつけない情けなさに頬を膨らませていると、氷室は悠里の頬を軽くつねってニッと笑った。

怒られてからの爽やかなスマイルは反則だ。

「化粧なんかすんな、わかったな？　変な男にも引っかかるなよ？」

「いだだだ……わ、わはりまひた」

（そんな笑顔で言うなんて、ズルい！　それに変な男に引っかかったつもりは……。

女の人は洒落《しゃれ》っ気があって、化粧もバッチリ決まってるほうがいいのに）

それなのに、氷室がどうして『化粧をするな』と言ったのか理解できなかった。

「ほら、行くぞ」

「あ、待ってください」

スタスタ歩きだす氷室のあとを追って、六本木の雑踏の中に入っていった。

氷室にどこへ行くのかと尋ねても、『いいから、ついてこい』の一点張りだ。会話らしい会話もなく、仕方なしに黙ってついていく。

氷室はベージュのチノパンに黒いシャツ、そして絶妙な色落ち加工のデニムジャケットを着ている。自分も普段より何倍も頑張ってオシャレをしてきたつもりだから、少しは釣り合うだろうかと浮かれたことを考えてしまう。

周りを見ると、カップルが手を繋いだり、肩を組んだりして歩いている。

しかし悠里はそんな中、隣り合うこともなく、ひたすら氷室の背中を追いかけていた。

（周りの人、私のこと絶対変だって思ってるよね。彼氏の機嫌を損ねた彼女……みたいな？）

周りの視線が気になって、つい余計なことを考えてしまう。

電車を乗り継ぎ、ようやく辿り着いたのは、渋谷《しぶや》の有名な映画館だった。

六本木からここへの移動中、氷室は電車の中で洋書を読んだり、窓の外をぼーっと眺めたりしていた。興味半分にどんな本を読んでいるのか尋ねると、聞いたこともない名前の外国人作家で全く会話が弾まなかった。

氷室は普段は無口な人なのかもしれない。怖そうに見えて、さっきみたいに柔らかな笑顔を見せたりもする。

そんな氷室に、わけがわからなくなっていた。

「あの、今から映画観るんですか？　六本木にだって映画館あるのに」

「ちょうど上映時間だな。お前、腹減ってるか？」

（って、話、全然聞いてないんですけど。氷室さんって、本当にマイペースな人だな）

「昔からここの映画館がお気に入りなんだ。音響もいいし、椅子の座り心地もいいからな」

腕をまくって時間を確認する氷室を悠里がじっと見つめると、その視線に気づいた彼と、バチリと目が合う。

「……ん？　何、見てんだ？　腹が減ってるなら、別に食い意地隠さず言えよ」

「……べ、別にお腹は空《す》いてませんけど、そういう氷室さんはどうなんですか？」

実は『朝から何も食べていない』などと言えず、つい本音と逆の返事をしてしまった。

「俺もだ。じゃあ『愛憎の果て』のチケットを、お前のぶんだけでいいから買ってこい」

（は……い？）

「ほんとにそれ観るんですか？　それなら、一応関係者だから、何か証明できる物を見せれば顔パスですよ？」

「いいから買ってきな」

「は、はい……」

「早く行け」と氷室に促され、自分のぶんだけと言われたが、一応、氷室のチケットも買って戻った。

（まさか自分の映画を観るなんて……想像もしてなかった）

「あの、氷室さんのぶんも買ってきたんですけど……」

「なんだよ、俺は自分でチケット買うってのに……まぁいいか」

（な、なんなのよぅ〜。人がせっかく買ってきたのに！）

そう思ってムッとしていると——。

「いいか、今からお前は作家じゃない」

急に真剣な眼差しを向けられた悠里は、ドキリとして顔を上げた。今にも吸い込まれそうな氷室の瞳に釘付けになる。

「この映画を、客として観るんだ」

「……え？　客としてって？　ど、どういう——」

氷室の言うことは、いつもわけがわからないが、今、言われていることはなおさら理解不能だった。

「お前、自分の映画を一度でも金を払って観たことがあるか？」

「氷室さん……？」

その瞳の中に、自分の知らない何かを氷室が伝えようとしているのだと直感すると、無言で氷室を見つめ返した。

連れてこられた映画館は、数回来たことがあった。

氷室が言うように椅子の座り心地もよく、音響も映像も都内ではトップクラスで、悠里もお気に入りの所だった。

『愛憎の果て』には、リピーターの客も多い。一応、過激な描写があるので、R指定されているというのに、今日も場内は満席だ。

「ほら、飲み物。お前の好みがわからなかったから、適当にコーラ買ってきた」

先に座って待っているように告げたまま、姿を消していた氷室がドリンクを両手に戻ってきた。

「す、すみません。ありがとうございます」

(なんか、案外気の利く人……だったり？)

コーラをドリンクホルダーにさりげなく挿す仕草《しぐさ》に、距離の近さを感じさせられてドキドキしてしまう。

「やっぱり日本の映画館は、いつ来ても綺麗だよな」

その時、氷室がぽつりと言った。

「そうなんですか？　外国の映画館って行ったことないんですけど……」

「いつも館内の床中にポップコーンが散らばってる」

氷室は足を組みながらコーラを飲んでいる。

アメリカに住んでいた時も、同じようにコーラを片手に映画を見ていたのかもしれないと思うと、不思議と氷室のことをもう少し知りたい気持ちになった。

「映画館っていったら、やっぱりポップコーンですよね！　でも、別にポップコーンじゃなくてもいいと思うんですけど、饅頭《まんじゅう》とか、煎餅《せんべい》とか……」

少し考えながら言うと、氷室はクスリと笑った。

「お前、ほんとくだらないこと考えるの好きだな。煎餅はバリバリ音がうるさいだろ」

「そ、そうですね……」

（私、何を馬鹿なこと言ってるんだろ……）

急に恥ずかしくなってうつむこうとした時、ちょうど上映が始まった。

『愛憎の果て』を考え出したのは、今から三年前のことだった。

様々なジャンルの話を試しに書いては、イマイチ満足できないものばかりで、その当時、悠里は長きに渡るスランプに陥っていた。

人の心に残る小説を書きたい——。

そう考えて思い立ち、ボストンバッグひとつで北海道へ一週間の旅に出た。そこで、自分が本当に書きたい小説とは何か、人の心に残るものを書くにはどうしたらいいのか、沸々と浮かんでくる疑問の答えを探し求めた。

自分の小説を探す旅を終え、そこで思いついたのが身分差の恋愛をテーマにした物語『愛憎の果て』だった。

主人公である子爵の娘は華族で、屋敷の使用人と惹《ひ》かれ合う。しかし、身分違いのため周りからの妨害に合い、その反動で主人公は愛に溺れ、盲目になっていく。愛する男のためにどうしたらいいのかと、ある日出会った商人に相談する。するとその使用人と同等の身分になればいいと言われ、ついに恵まれた生活もプライドも捨てて、遊郭の女になってしまう。

しかし、実はそれは、愛したはずの使用人の男が仕組んだこと。彼は商人を利用して主人公をおとしめたのだった。

主人公の愛した男は、天涯孤独の身で、彼女によって初めて人から愛情を受ける心地よさを覚えた。だが、人を愛することを知らない彼は、ただいびつな愛し方しかできなかったのだ。

〝歪んだ愛のかたち〟という、決してハッピーとは言えない愛憎劇が、思いのほか読み手の心に残り、『艶人』での連載が進むうちに、人気は上昇していった。

サイン会も開かれ、ファンレターも山のように届いた。キャンペーンだのなんだので、書き下ろしの番外編も執筆した。

それまで暇を持て余していた小説家が、尻に火がつくような忙しさに急に見舞われ、そんな当時の疲労を思い出してため息をついた時だった。

「あぁん！」

「っ⁉」

映画を観ながら別のことを考えていると、突如艶《なまめ》かしい嬌声がして、悠里の肩が思わず跳ねた。

（な、なんだ、映画の女優の声か……びっくりした）

ホッと胸を撫で下ろしたが、スクリーンで繰り広げられているシーンは、濡れ場の真っ最中だった。主人公の裸体の上で相手の男が肌を舐《な》め回している。

隣に座っている男性は、横に彼女がいるにもかかわらず、鼻息が荒くなっていた。

（ひゃあ～、ど、どうしよう……。なんか、自分で書いておきながら、このシーン気まずい……）

子供の頃、親と観ていた純愛ドラマで、キスシーンが出てきた時に、妙に落ち着かなかったのを思い出した。その時の心境になんとなく似ている。

そんなことを思いながら、横目でそっと氷室の様子を窺ってみる。

（なんか、意外と冷静……）

氷室は頬杖をつきながら足を組んで、始まった時とほぼ変わらない体勢で、平然と映画を観ていた。

（恥ずかしい！　いや、これは自分の作品だし……でも氷室さんが隣にいるって思うと、やっぱり恥ずかしいぃ！　いやいや、こんなこと考えてる場合じゃないよ……）

首を振ったり、膝の上で拳をギュッと握りしめたり、ソワソワしながら濡れ場のシーンをうつむいてやり過ごした。全身が熱くて、三月なのに、まるで暖房が入っているようだった。

（あぁ……私、何ひとりで意識してるんだろ、喉が渇いた！　そうだ、飲み物……）

落ち着きのなさを氷室に悟られないよう、飲み物に手を伸ばしたその時――。

「あ、悪い、こっちお前のだったな。間違えた」

伸ばした手が空中をさまよって氷室を見ると、間違えたと言いながらも悠里のドリンクをゴクゴク飲んでいた。

「い、いえ……」

（え⁉　こ、これは……間接キッス⁉　私と、氷室さんが……嘘⁉）

氷室がホルダーにドリンクを戻したのを横目で確認すると、妙な胸の高鳴りを覚えて、喉が渇いているのにすぐに手をつけられなかった。

（今すぐにでも飲みたい！　でも、間接キスに飛びついてるとか思われたくないし。でも、この人に限ってそんなこと意に介さなさそうだけど）

結局、気にしてるのは自分だけだ。

そう思うことにして、おずおずとストローに口をつける。

すると、氷室が不意に悠里の耳元に口を寄せて、ボソリと囁《ささや》いた。

「あ……間接キス」

「ぶっ！　げほっ！　ちょ……」

意外にも艶っぽい氷室の声音に、たまらずコーラを噴き出してしまった。

それを見た隣の男が咳払いをしながら、迷惑そうに眉をひそめて睨んでいる。

「す、すみません……」

『変なこと言わないでください！』と、文句のひとつでも言ってやりたい気持ちを抑えながら氷室を睨むと、彼は笑いをこらえ切れないといった様子で、口元を抑えて肩を震わせていた。

（もう！　信じられない！）

悠里は真っ赤になりながら両頬をへこませて、勢いよくストローでコーラを吸い上げた。

途中いろいろありながらも、二時間ほどでエンドロールがようやく流れだした。

鑑賞していた周りの客たちも、次々に席を立って帰ろうとしている。

「氷室さん、出ますか？」

伸びをしながら身体中のこわばった筋肉をほぐしている氷室に言うと、横目でじろりと見られた。

「エンドロールに流れる自分の名前くらい、見ていけよ」

「え……？」

「お前にしか得られない最後の楽しみだろ？」

映画が始まる前、氷室は客になったつもりで観ろと言ったが、なんとなくその意味がわかった。

（わざわざ自分の映画に、自分でチケット代を払うなんて、最初はよくわからなかったけど、氷室さんの言いたいことって――）

自分の作品に対価を支払う客の立場になって、読み手の気持ちになるということ。

そして最後に流れる自分の名前を見て、これが自分の作品なんだと実感すること。

ようやく氷室の意図が理解できたと同時に、悠里は作家になってからというもの、そんな大切なことすら忘れていた自分に気がついた。

その時——。

「映画、面白かったねー！」

「原作者のユーリって、作家だろ？　ほかにどんな話書いてるのか、知りたいね」

「うん、私もー！」

後ろの席に座っていたカップルが、映画の感想を語り合っているのが聞こえてきた。

「あいつらは多分、お前の映画に満足してると思うぞ。ここに作者本人がいると知ったらどう思うだろうな」

氷室が顔を覗き込みながらニヤリと笑うと、急に気恥ずかしくなってうつむいた。

「万人ウケするものなんかあり得ない。かといって、作家のひとりよがりのものじゃダメだし、逆に受け手の要望に従ってばかりじゃ、自分の個性が生かせない。そう考えたら難しいな」

氷室は落ち着いた声でそう言うと、悠里の頭をぽんぽんと叩いた。

(私、作家としての自覚をもっと持たなきゃ)

決意を新たにし、気がつくと氷室と場内でふたりきりになっていた。

氷室はいつの間にか席を立って歩きだしている。

「おい、いつまでそこに座ってんだ？　行くぞ」

「ま、待ってください……！」

さっさと歩いていってしまうその背中を追いかけながら、これから彼と二人三脚で作品を作っていく期待に胸が膨らんだ。

（氷室さんとなら、きっといい作品を作れそうな気がする……）

「待ってください、氷室さ――」

「ん？　どうした？　口開けたまんま、突っ立って」

シアターから出て映画館をあとにした瞬間、新作のストーリーが頭にどんどん浮かんできた。

（この感じ……！）

それはまるで湧き水のようで、誰にも堰《せき》止めることはできない。まさに『愛憎の果て』のストーリーを思いついた時と同じで、アイデアが浮かんだ時に覚える、特有の感覚だった。

悠里は、いても立ってもいられなくなってきた。

「氷室さん！　ようやく降りてきました！」

「な、なんだよ急に……」

突然の呼びかけに驚いた氷室が振り返る。

「私、帰ります！　なんていうか、今すぐパソコンに向かわないと、この勢いに乗れない気がするんです。すみません、言ってること、意味不明ですよね……」

作家には作家にしかわからない感覚がある。

（でも、氷室さんならきっとわかってくれる）

「ようやく火がついたな」

「え……？」

目を丸くした氷室の表情が、すぐに柔らかいものに変わると、目を細めて笑った。

「タクシー拾ってやるからそのまま帰れ。いいか、思い浮かんだ感覚のまま、余計なことを考えるなよ？」

「はい！」

浮かんできたことをメモすることもある。けれど、ひらめきの波に今すぐ乗りたかった。

氷室は通りかかったタクシーをさりげない仕草で拾うと、悠里を車内に押し込んだ。

「あの、プロットができたら月曜日に氷室さんのところに持っていきます」

「まぁ、メールでも――」

「持っていきます！」

「わ、わかったよ……じゃあ、月曜日の午前中に持ってこいよ」

氷室は運転手に一万円札を渡してドアを閉めた。タクシーが動きだす前に慌ててウィンドウを開け、身を乗り出して言った。

「あ、あの！　今日はありがとうございました！　私、絶対――んっ⁉」

悠里の言葉を遮《さえぎ》るように、氷室が彼女の口の中に何かを押し込む。

「いいから、それ以上しゃべるな。アイデアが飛ぶだろ」

(これは……あの時のアメ？)

氷室に原稿を破かれた時にも口の中にアメを放り込まれた。それと同じ物だと気づいた時には、車はもう走りだしていた。

甘くてほのかに酸っぱい味……知っているようで思い出せなかった。それが歯がゆくて、そのアメのことを考えると、自然に氷室のことまで考えてしまう。

アメが舌の上で転がり、小さくなって消えても、結局、なんの味だったのか思い出すことができなかった。


「ただいまぁ！　パソコン！　パソコン！」

転がる勢いで家に入ると、すぐさまパソコンを立ち上げた。

新作のタイトルは『忘我の愛』。

時は大正末期――。

華族制度の真っただ中、帝国軍人の伯爵家に仕える女中を主人公としたストーリーで、列強が忍び寄るダークな背景の中で、ドロドロとした愛憎劇を取り入れた話を思いついたのだ。

始めに考えていた確執のある家柄の者同士の恋愛は、確かに氷室の言う通り、先が読めてしまう。

（だからあのプロット、ダメだったんだな……）

今考えると、あんなプロットは破り捨てられて当然だった。

新作の登場人物の設定とプロットをもう一度練り直して、気がついた時には、かなりの文字数になっていた。

（今度こそ氷室さんにＯＫもらわなきゃ……）

意気込んで何度も何度もプロットを見直しては書き直し、無我夢中になってすべて仕上げた。

「できた！　これで完璧！」

時計を見るとすでに日付は変わっていた。出先から何時に帰ってきたのかさえ、記憶にはなかった。

今まで気を張っていたのが急にプツリと切れると、猛烈な眠気が襲ってきた。

メガネを押し上げて目を擦り、もう一度かけ直す。すると、衝動買いしてしまった新しい化粧品や、メイクアイテムにふと目が行き、おもむろに中身を取り出して、それらを呆然と見つめた。

『お前、二度と俺の目の前であんな化粧すんな』

不意にあの時の氷室の言葉が頭の中に響き、心が重苦しく沈んでいった。

(氷室さん、どうしてあんなこと言ったんだろう。私には、化粧なんて似合わないってことなのかな……)

そして氷室に思い切り顔をゴシゴシ擦られ、メイクを落とされたことを思い出した。

(やっぱり、あんなの無茶苦茶だよね……! なんかムカついてきた!)

けれど、今は勢いで書いたプロットに満足し、氷室に対するイラつきも、珍しく一瞬で収まってしまった。

たまにはシャワーだけでなく湯にも浸かろうとバスタブに湯を張り、着替えを持ってバスルームへ向かった。

（私、どうしてもこの話を書きたい！　もしこれでダメだと言われたら……その時は本当に氷室さんとは、相性が合わなかったんだって思うしかないよね）

風呂の湯に浸かりながら、そんなことを悶々と考えていると――。

「痛っ！」

右足の小指にピリッと焼けるような痛みが走った。

（なんかずっと痛いと思ってたら……靴ずれしてたんだ）

湯で皮がふやけてはがれたのだろう。今まで自分が靴ずれを起こしていたことにも気づかなかった。

（やっぱり慣れないパンプスとか履いちゃったからだよね。もう無理しないでおこうかな。それにしても……）

今日、氷室が英語をしゃべっているのを初めて聞いた。ニューヨーク暮らしが長かったからか、ネイティブのような流暢《りゅうちょう》な発音に、あの時は思わずほうけてしまった。日本語をしゃべっている時よりも若干低音の声が、まだ耳に心地よく残っている。

『間接キス』

「っ⁉」

氷室の声を思い出していると、急に映画館で囁かれた言葉がフラッシュバックした。

（か、かか、間接キスくらいで、なんでこんなに動揺してるの私!?　子供じゃないんだから！）

『私は小学生か』と心の中で突っ込むと、頭の中にいつもの妄想がふわふわと浮かび上がってきた。

——悠里様、いつものお飲み物をお持ちしましたよ。アールグレイがお好きでしたよね？

——イケメン執事様!?

——イケメンなどと……そんな恐れ多いです。

——ふふ、照れてるのね？　あっ、アールグレイ。私が好きな紅茶を覚えててくれたんだ……熱っ！

——ああ、少し熱く淹《い》れてしまいましたか？　申し訳ありません。

——そう、私、猫舌なの。この紅茶が冷めたら——。

——はい、かしこまりました。それでは……一度私の口に含んでから、悠里様に直接、飲ませて差し上げましょう。

——え!?

――私は熱い物には抵抗がありませんので……。

――べ、べべべ、別に自分でふぅふぅするから……って、口移しもなかなか美味しいかも？　って何考えてんだろ私！

――さぁ、悠里様。どうか私の口移しの紅茶を……ん。

――んんっ、もう……そんなに唇押しつけないで、恥ずかしいんだから……苦しくなっちゃう。く、苦しい……ほんとに……く、苦しぃぃ！


「ぶはぁぁっ！」

バチャバチャともがき、気がつくとそこは家の湯船の中だった。

「あ……れ？」

（も、もしかして……私、妄想しながらお風呂で寝ちゃったの？）

間接キスから口移しなんて、妄想が飛躍しすぎだ。そして得も言われぬこの虚無感といったらない。

ふと、浴槽の端に今にも流れ落ちそうな、空になったバラの入浴剤の小袋が目に入る。悠里はバラの香りが妄想を誘発したに違いないと思った。

（自宅のお風呂で溺れたなんて、シャレになんないよね……）

のろのろと浴槽から出ると、鏡に映った寝ぼけ顔を消すように鏡に湯をかけた。

「はぁ……今夜は『王子様とデートシリーズ』のＣＤでも聴きながら寝よう」

思い出したように痛み始めた足を引きずって、バスルームを出た。

第五章　笑顔のために

そして月曜日――。

「氷室さん！」

朝一番に、氷室のいる二階の文芸部へ勢いよく乗り込むと、周りの社員たちが驚いて悠里を見た。

オフィスは相変わらず、デスクに積まれた資料や原稿などで溢れ返っていて、雑然としている。

オフィスの中央でパソコンに向かって作業をしていた氷室が、かけていたメガネを下にずらして、悠里に顔を向けた。

「もう来たのかよ。あぁ、ちょっと待ってろ、すぐ片づけるから」

氷室の意外にも長い指が、悠里よりも速いブラインドタッチでキーボードの上を滑っている。

内心、早く原稿を見てもらいたくてうずうずしていたが、少し落ち着こうと数回深呼吸をした。

普段はメガネをかけていない氷室が、今日はインテリ風で、いい意味でいつもと雰囲気が違って見えた。

（いつもカッコいいけど、仕事してるとさらにカッコいい……）

そんな氷室に、悠里の胸が小さく跳ねたが、気づかないフリをした。

「氷室さん、目が悪いんですか？」

「俺、遠視だから。そういえばお前、今日はスカートでもないし、コンタクトでもないな。あの化粧はともかく、メガネなしにあの服装はまぁまぁだったかな」

「え……？」

昨日は何年かぶりのスカートにコンタクトだったが、あの時の氷室はそれについて、特に何も触れていなかったことを思い出した。

「氷室さんってアメリカンな感じなのに、『今日は可愛いねー！』とか、『いつ見ても綺麗だ～、ハニー！』とか言わないんですね」

「なんだそれ、アメリカンっていっても、俺はアメリカ人じゃないからな。何？　俺にそんな風に言ってほしいわけ？」

「べ、別に……」

氷室に茶化されている気になって、墓穴を掘ったと後悔した。

「そんな歯の浮くようなセリフを言われたって、なんとも思いませんよーだ」

メールでもいいと言われたが、渾身のプロットなだけに、直接会って渡したかった。

プロットを持ってくるだけだと思い、今日の恰好はジーンズとスニーカーに、髪を無造作に束ねてメガネをかけるという、いつものイモルックだ。

先日の服装を『まぁまぁ』と言ってはくれたが、結局、氷室の口から〝可愛い〟〝綺麗〟という言葉を聞くことができず、少しがっかりした。

（な、なんで私、ちょっとへこみぎみになってるの……！　昨日、無理しすぎて疲れてるんだきっと……）

そう言い訳をして、首をブンブンと横に振る。

「お前って、なんでそう短時間でいろんな顔ができるわけ？　面白すぎ」

氷室が小さく噴き出したその時――。

「こら氷室、作家さんに対してはちゃんと『〝先生〟と呼べ』って言っただろう」

横から編集長の北村が、ニコニコ顔で声をかけてきた。

「来月からユーリ先生の連載、楽しみにしてますよ。氷室、今日は午後から『艶人』の会議だから忘れんなよ」

「なっ！　その会議は、明日の予定じゃ――おっと」

　氷室が慌てて北村に向き直ると、デスクから山のような書類が落ちそうになって、瞬時に押さえた。

「まぁ伝えようとしたんだけどな。スマホの電源切れてたみたいだったし？　連絡つかなかった。美岬君が悪い」

　北村は『諦めろ』とでも言わんばかりに、氷室の肩をぽんぽんと叩いてにんまりした。

「だから！　ファーストネームで呼ぶなって……あれだけ――」

「おお、怖っ！　じゃ、先生、失礼します」

　氷室がひと際低い声で言うと、北村は両手を上げて、ケラケラ笑いながら部屋をあとにした。

「氷室さん、北村編集長と仲がいいんですね」

「は？　どこが？」

　先ほどの短いやり取りを見ていて、北村と氷室が長い付き合いなのだろうと感じた。

「あいつとは、大学が同じだったってだけで、仲がいいかどうかは別だな。ほら、ミーティングルームに行くぞ」

「え？　じゃあ、北村編集長もアメリカに――」

「いいから行くぞ」

氷室はコーヒーをひと口飲むと席を立った。

いつものミーティングルーム。

悠里は氷室がプロットに目を通している様子を、固唾《かたず》を呑んで見守っていた。どのくらい時間が経ったか気になり、チラリと時計を見やる。

しんと静まり返るミーティングルームには、ただ氷室が原稿をめくる紙の音しかしない。

氷室が原稿片手に、時折メガネのフレームを上げる仕草に、思わず見とれてしまう。

メガネはあくまで視力補強のためのアイテムだと思っていたが、氷室の場合はなぜかファッショナブルに見えてしまう。

「おい」

「は、はい！」

「これならいけるな」

「……へ？」

前回とは全く違う意外な反応に、つい間の抜けた声が出てしまった。

「お前、この話を最後まで書き切る自信はあるか？」

氷室は悠里の意志を試すように、ぽつりと言った。

「私、氷室さんと映画を観に行ってから気づいたんです。今まで自分が見えていなかったものに……。だから、今度の連載には絶対この話を書きたいって思ってます。自分でも、どこからこんな自信が湧いてくるのかわからないんですけど、これなら読者を虜《とりこ》にできるって……。お願いです！　頑張りますから、氷室さん、こんな私についてきてくれませんか⁉」

悠里は前のめりになって、メガネがずり落ちているのもかまわず、魂の声をぶつけた。

肩が大きく上下するほど荒々しい呼吸の音が、ミーティングルームに響いている。はたから見たら鼻息の荒い危ない女が、今にも美青年を襲おうとしている光景に見えるだろう。

「お前の鼻の穴、デカすぎ……」

「……は、はい？」

「ぷっ、あはは！」

腹を抱えて大笑いしている氷室に悠里がポカンとしていると、氷室はそんな顔さえ面白いとばかりに声をあげて笑いだした。

「お、お前……あははは」

ひとしきり笑い終えると、氷室は胸ポケットにメガネをしまい込んで、涙を拭った。

「『こんな私についてきてくれませんか』……か」

「え……？」

（わ、私……なんか無意識にとんでもないこと言っちゃったんじゃ……）

氷室に自分の情熱を伝えるために、言葉なんて選んでいる余裕はなかった。無意識に飛び出してしまった言葉に嘘偽りはなかったが、冷静に考えると恥ずかしさが込み上げてきた。

「ふぅん、編集者にとって最高の口説き文句だな」

「あ、あの……」

（なんでこんなにドキドキしてるんだろ、私……）

氷室は真剣な眼差しをしたかと思えば、急に艶っぽく見える時がある。それも彼の魅力のひとつだと思うと、悠里はその虜にならないようにと自分に言い聞かせた。

「ケツに火がつくくらい忙しくなるから、覚悟しとけよ？　わかってると思うけど、常に前倒しで原稿を書き進めておけ、わかったな？　そのほうが途中で予定が狂っても修正しやすい」

「はい！　頑張ります」

悠里が勢いよく椅子から立ち上がり、頭をペコリと下げた瞬間、椅子が後ろに倒れて背もたれに引っかけていたバッグの中身が床に散らばった。

「す、すみませんっ！」

悠里は慌てて床に落ちたスマホや本を、両手をわさわさ動かしてかき集める。

「ほんと、鈍くせぇな」

氷室はやれやれといった感じで、足元に落ちていた文庫本を拾い上げた。

「室井慶次……？」

「え？　あ、ありがとうございます。氷室さんはもちろん知ってますよね？　この作家さん。私、中学生の頃からずっとファンで読んでるんですよ」

「ふぅん」

それだけ言うと氷室は冷めた目で本を眺め、興味なさげに悠里に手渡した。

室井慶次は文芸作家の中で、長きに渡り人気の絶えない大御所作家だ。読書好きなら、知らない人はいない。そんな室井慶次だったが、氷室の反応は意外にも薄かった。

「お前、そういうの好きなわけ？」

「え、えぇ……」

なんとなく棘《とげ》を感じる氷室の口調に、悠里は戸惑いを覚えた。先ほどまで、あんなに大笑いしていた氷室の表情が曇っている……。そう思うと胸がチクリとした。

室井慶次は大御所とはいえ、アンチもいる。有名になればなるほど、『嫌い』と言う人も出てくるのはどの世界でも同じだ。氷室にとって、室井はあまり好きな作家ではないのかもしれない。

「もしかして、氷室さん、室井慶次が嫌い……とか？」

「別に。好きとか嫌いとか以前に、興味ない」

「そ、そうですか……」

氷室から手渡された本がやけに冷たく感じる。

（『興味ない』って……私と同じ作家なのに……）

興味のない作家に対して、氷室はこんなにも冷たいのか……自分もそう思われてしまう日が来るのではないかと思うと、悠里の心は深く沈んだ。

「すみません。ありがとうございました」

悠里が落としたアイテムをバッグに全部しまい終えて、帰ろうとした時だった。

「痛っ……」

先日、靴ずれした箇所がふとした拍子に擦れて、ヒリッと痛んだ。

「どうした？」

「あ、なんでもないです……」

そう言いながらも、足の動きはぎこちない。右足の小指は、こんな時にも容赦なく痛みを訴えてくる。

（うぅ、面倒臭くて絆創膏《ばんそうこう》しなかったせいかな……いったぁ）

「お前、やっぱりあの時、靴ずれしてたのか」

「え……？」

氷室には気づかれていないと思っていたが、何もかもお見通しだったようだ。

「どうせ慣れないパンプスなんか履いたからだろ。見せてみろ」

「ええっ⁉　そ、そんな、いいです」

（素足なんて見られるのやだ！　ムダ毛とか残ってたらさらに恥ずかしい！）

悠里は断固として断ったが、氷室に無理やり椅子に座らされた。

「脱げよ」

ドキン――。

別に服を脱げと言われているわけではないのに、なぜかその言葉に卑猥《ひわい》なものを感じる。

「いいから脱げって」

悠里が固まっていると、氷室が痺れを切らして悠里の前にしゃがみ込み、靴と靴下を勝手に脱がし始めた。

「え、ちょ、ちょっと！　あーれー！」

（このシチュエーションってまさしく！　悪代官の帯回し⁉　って馬鹿なこと考えちゃダメ）

「ほら、もう少しで全部脱げるから……」

「もう、やめて～」

「じっとしてろって。ったく、血が滲《にじ》んでるじゃねぇか。なんでこんなになるまで放っておいたんだよ？」

「すみません……」

傷は昔、『空気に触れさせて乾燥させるものだ』と誰かに言われ、特に手当てもせずにそのままにしていた。

「痛いか？」

「あ、あの……大丈夫ですから」

氷室は悠里の足首を軽く持ち上げて、傷を痛々しそうに見ている。

その視線に、いても立ってもいられなくなる。

（もう、見ないで……）

「ちょっと待ってな」

「え……？」

悠里がパッと顔を上げると、彼は部屋から姿を消していった。

部屋にひとり残され、「はぁ」と肩の力を抜くと、再び沈黙が訪れた。降り注ぐ春の暖かな日差しがどことなく心地いい。

――悠里様……ああ、なんて痛々しい靴ずれでしょう。歩くのもさぞつらかったことでしょう。

――あ、あれ？　あなたはいつものイケメン執事様？

――それにしても、悠里様のお御足《みあし》は白くて細くて、綺麗です……。いけないとわかっていても、つい、こうしていつまでも触れていたくなってしまいます。

――もう、そんなに足に触らないで、くすぐったい。

――そんな美しいお御足が、このように靴ずれするとは……悠里様、すぐに消毒しなければなりませんね。私にお任せください。

——え？　『お任せください』って？　何するの？

——こうして傷を舐めて差し上げます。ゆっくりと隈なく……ん。

——ええっ⁉　く、くすぐったい！　ダ、ダメ……私、もう——。


「おい、何ニヤニヤしてるんだ？　気持ち悪い」

「ぅわあぁ！」

突然降ってきた低い声で、妄想が吹き飛び、現実に戻る。

「氷室さん……いつの間に？」

「ほら、絆創膏。貼ってやるからじっとしてな」

氷室はそう言いながら、否応なしに悠里の足をつかんだ。

「あの、私……今すごい間抜けヅラしてました……よね？」

「いつもだろ」

「うぅ……」

声にすらならない奇妙なうなり声をあげて、悠里はふるふるしながら氷室を見た。

「よし、これでＯＫ。悪い、これから会議に出なきゃならないんだ」

氷室は絆創膏を貼った上から、ビシッと気合を入れるように悠里の足を叩くと、少しバツが悪そうに言った。

「じゃあ、私はこれで失礼します。ありがとうございました。原稿進めておきます」

「あぁ、いつでも俺が取りに行けるようにしといてくれ」

（……え？『取りに行けるように』とは一体……？）

「打ち合わせで、たまにはこっちから著者のもとに出向くのも大事だからな。昨日、車を買ったから、試運転がてら近いうち行くかもな～」

「……へ？　車⁉」

「ついでにお前がどんな部屋に住んでるか、興味もあるしな」

氷室はフフンと鼻を鳴らして、まるで悠里の反応を試すような言い方をする。

氷室が部屋に来るということに悠里が慌てると、想像通りのそのリアクションに、彼はクスリと笑った。

家に来るなんて、友達同士のようなノリでさらりと言う氷室に、悠里は目が点になった。

「でも、六本木のホテルからだと道も結構混んでるし……」

「昨日、長期留守宅の管理サービスから、白金《しろがね》の自宅マンションを引き取ってきた」

「白っ……白金⁉　氷室さん、シロガネーゼですか！」

悠里が興奮して氷室に向き直る。

（白金っていったら、超セレブな街で有名な、あの白金だよね……？）

悠里はテレビでしか観たことのない街に、思いを馳《は》せた。

「ニューヨークに住んでいる間、何気に日本への出張が多かったからな。だったらこっちに自分のマンションを買ったほうが、慣れないホテルに滞在するよりもいい」

「あ、あの……向こうに住んでる間、誰かに貸すことはしなかったんですか？」

「自分の家に見知らぬ人が住むなんて、あり得ないだろ」

氷室は誰かに自分のものを奪われたり、所有されたりするのが嫌いな部類の人なのかもしれない……と、悠里は彼の繊細な部分を垣間見た気がした。改めて、氷室は厄介なタイプなのだろうと感じた。

「ご実家は東京じゃないんですか？」

「実家は世田谷《せたがや》」

「世田谷⁉　いい所ですよね、ハイソな感じがして」

「……別に」

一瞬、小さな間があったような気がして怪訝《けげん》に思っていると、氷室がさりげなく視線を逸らした。その表情は眉間に皺を寄せ、どことなく険しい。

（これ以上、何も聞かないほうがよさそう……）

彼の様子に、悠里は質問しかけた言葉を呑み込んで口を噤《つぐ》んだ。


それから五月になり――。

月刊『艶人』で、悠里の力作である『忘我の愛』の連載が始まった。初回からかなりの反響があり、もともと連載していたほかの小説を凌《しの》ぐ勢いで、人気が上昇していった。

自分でも渾身の一作だと思っていただけに、読者の反響があると胸が踊る。

読者の心理は未知数――。

今回も思った以上の反響を得ることができたが、時に自信作だと思っていたものが、全くウケなかったり、もうひとひねりしたほうがいいと思っていたものが売れたりする。

初めはそんな読者の反応に戸惑いもしたが、氷室が担当になったことで肩の力が抜けたような気がした。

執筆中の、とある日の昼下がり。

（はぁ……結局、今年もお花見に行けなかったなぁ。屋台のお団子に、りんごアメにベビーカステラ……食べたかった！）

徐々に変わりつつある季節の様子を、悠里は小さなワンルームの窓から遠い目をして眺めた。奥多摩《おくたま》のほうに行けばまだ桜が残っているかもしれないが、新宿御苑《ぎょえん》や代々木《よよぎ》あたりの桜は、もう完全に散ってしまっている。

氷室も最近、毎日夜遅くまで仕事に追われていて、用がある時は、主にメールでやり取りしている。作家と編集のコミュニケーションは、普通このスタイルなのだが、仕事とはいえ、氷室から家に行く、と言われた時は、なぜか嬉しかった。

けれど、あれから氷室が家を訪ねてきたことは一度もない。

（近いうちに来るかも、って言ってたのに……）

ゴールデンウィークに入ると印刷会社も連休になるため、前倒しで仕事を進めなければならない。それは作家も同じことだが、実際、原稿はかなりのスピードで進んでいて、二ヶ月先のぶんまですでに仕上がっている。

おかげで悠里はそれほど焦《あせ》ることなく、まったりと過ごしていた。

（眠いな……）

時計を見ると、十四時だった。昼下がりの暖かな日差しが部屋に射し込み、ほんわかと心地いい。

『原稿が進んでいるからといって気を抜くな』と氷室にはうんざりするほど言われたが、それでもだらだらしてしまう。

執筆がひと区切りしたところで手を止めて、ベッドにもたれかかると、自然に欠伸《あくび》が出る。

(お昼食べたら眠たくなってきたな……。ダメだ、頭が働かない。あぁ、こんな時に癒しのイケメン執事様が、膝枕とかしてくれたらやる気も出るのになぁ)

――ふふ、悠里様……眠いのですね？　それでは私の膝枕などいかがでしょう？

――おおぉう！　グッドタイミング！

――それはよかったです。今日はいいお天気ですし、悠里様も毎日ご執筆を頑張っておいでですものね。

――そう！　そうなのよ‼　昨日だって、『ここの表現が曖昧だ』とか、『旧漢字を使うと読みにくい』だの言われてね！

――そうですか、大変ですね。でも、私は常に悠里様を応援しておりますよ。

――うんうん、わかってくれる？　あなたって本当に優しいのね……あの鬼編集者も少しは見習って、優しい言葉をかけてくれれば……。

――悠里様、気晴らしにイケメン社長とデートするドラマCDなどを聴いてはいかがでしょう？

――うーん。それ、この前、盤面がすり切れるくらいに聴いたからなぁ。

――では、美男子美容師とのデートCDは？　それとも美青年実業家がよろしいでしょうか？　または年下御曹司？

――ちょ、ちょっと、そんなに並べられたら恥ずかしいんだけど……。

「ふぅん、イケメン編集者とのデートCDはないんだな」

――へ？　これは私の妄想の中……なんだよね？


「起きろ、ブサイク。よだれが垂れてるぞ」

その低い声に、沈んでいた意識がふっと引き上げられて、うっすら瞼《まぶた》を開ける。

すると、腕を組んでこちらを見下ろす氷室の姿があった。

ここにいるはずのない人物に、悠里はバチッと目を見開いた。

「ええええっっ!?　なななんで？　ここに氷室さんが!?　こ、これは夢？」

「お前、部屋の鍵《かぎ》くらいかけとけよ。ったく無用心だな、勝手に上がらせてもらったぞ」

「あ、は、はい……いらっしゃいませ」

（って、へ、部屋‼　掃除してない！　昨日のコンビニ弁当の容器もそのまま！　資料の本も床に転がしっぱなし……あわわわわ）

突然の訪問者にすっかり目が覚め、悠里はあたふたしながら改めて部屋を見渡した。

「す、すみません、片づけてなくて！　お茶淹れますから！　座っててください！」

悠里が慌ててポットに水をジャバジャバ入れながら、氷室のほうを振り向くと、彼は床に転がっていたＣＤをもの珍しそうに見ていた。

「ひっ！　氷室さん……⁉」

「……ん？　なんだ？」

「そ、その……見たんですね？」

決して見られてはならない、腐の数々――。

「あの……私、それ聴きながら小説のネタを考えたりするんです。そう！　いわば資料的な――」

「へぇ。お前、面白いもん持ってるんだな」

氷室は悠里の咄嗟《とっさ》の言い訳を無視して、棚に並べてあるドラマＣＤのジャケットを手に取り、興味深げに見始めた。

「あ、あの……あんまり見ないでほしいんですけど。黒歴史みたいなもんですから」

「ふぅん、ドラマCDね……。へぇ」

（って、私の話、聞いてないし……！）

「ひ、氷室さん？」

氷室はCDの観察を終え、棚にしまうと同時に悠里に視線を向ける。すると、目を細めて嫌そうな顔をしながら、悠里をじっと見据えた。

「お前、まさかその恰好で寝て、今に至るんじゃないだろうな？」

モコモコの上下セットのパジャマ姿を、つま先から頭のてっぺんまで舐め回すように見られる。

「そうですけど？　だって、今日は一日出かけないし、コンビニはすぐそばだから、特に着替える必要もないですし……」

「……お前」

「何か？」

「……あり得ねぇ」

氷室の冷めた視線が、悠里の心をチクチクと刺す。

「お前って、ほんとダサい女だな……」

「干物女ですから」

「開き直るな、この梅干女！」

「なっ……！　そんなこと言ったって、いきなりアポなしで女性の部屋に来るほうが、よっぽどあり得ないと思いますけど」

（もう！　恥ずかしい、恥ずかしい、恥ずかしい‼　よりによって氷室さんにこんな物見られるなんて！）

悠里はふたりぶんのお茶をテーブルの上に置き、氷室に見られたドラマCDを隠すように、棚の奥へ押し込んだ。

氷室はそんな悠里を見ながらニヤニヤ笑っている。

「い、いいんですよ！　別にオシャレして行く場所も、会う相手もいないし！　小説書くのにそういうの必要ないですから！　梅干女万歳です！」

「パジャマとか着ないわけ？」

「これは、パジャマ兼部屋着です」

自分では気に入っているパジャマを、胸を張って見せつける。

「な……んだって？」

氷室は額に手のひらを当てて、首を振った。目の前の生き物を理解できないとでも言いたげに――。

「そういう氷室さんはどうなんですか？　疲れて帰ってきて、着替えないまま寝ることとかあるんじゃないですか？　ありますよね？」

「俺はどんなに疲れててもシャワーくらい浴びる」

『お前と一緒にすんな』と氷室に目で突き放されると、悠里はふてくされた顔で口を尖らせた。

そして氷室はつけ足すように言った。

「それに寝る時は裸だ。何も着ない」

「ぶっ！」

悠里は口に運んでいたお茶を思わず噴き出しそうになり、慌てて口元を拭った。

「は、ははは、だ、裸っ⁉」

確かに海外ドラマや映画で見る外国人は、いつも裸で寝ている。

だからアメリカナイズされた氷室なら、そうするのも不思議ではないと納得した。

「裸……いいですね」

お色気効果音の『ワーオ』が、何度も勝手に脳内で再生される。

「ん？　なんか言ったか？」

「いえいえいえ‼」

脳裏に怪しい妄想が湧き起こるのを必死で押さえ込み、悠里はブンブンと首を横に振った。

「まぁ、男ができたら嫌でも変わる。女って生き物は、そういうもんだからな」

氷室は腰に片手を当てて、改めて部屋を見渡してため息をついた。

「今日は別に用事がないのにここへ来たわけじゃない。俺も暇じゃないからな。今『忘我の愛』を書籍化しようっていう企画が上がってる」

「ええっ⁉　ほ、ほんとですか⁉」

「ああ、書籍化したあとは映画化も検討される予定だ。まぁ、これはまだ企画中の段階だから、あんまり詳しいことは言えないが……」

（書籍化に映画化……嘘⁉）

脳裏にパァッと花が咲いて、悠里は頭の中でメルヘンな花畑の中を駆け回る。

「嬉しい！　私、この話、自分でも気に入ってて、できればもっと多くの人に読んでもらいたいって思ってたんです」

嬉しいニュースに、悠里は胸を躍らせ、自然と笑顔になる。

「……お前」

満面の笑みを浮かべる悠里を見て、氷室は驚いたような表情をした。

悠里はそんな氷室の様子に、大人げなくもはしゃぎすぎたことを後悔した。

「あ、ご、ごめんなさい……まだ決定じゃないのに浮かれちゃって」

「え？　い、いや……」

「氷室さん、もう会社戻りますか？　そうだ！　先日、実家から送られてきたイチゴがあるんですけど、食べま――きゃっ！」

今にも踊りだしたい気持ちを抑えつつ、実家から送られてきたイチゴを思い出して取りに行こうとした矢先、足元の本につまずいて転びそうになってしまった。

「あぶねっ」

氷室が咄嗟に手を伸ばしたが、ふたりはもつれるように真後ろのベッドに倒れ込んだ。

「……あ」

ドキン――。

自分を抱き込む氷室の体温が伝わって、悠里の心臓がびくんと跳ね上がった。氷室が覆いかぶさるような体勢に、頭が真っ白になる。

いつも氷室がさりげなくつけている、爽やかなオーシャンブルーの香りがふわりと悠里の鼻腔《びこう》をくすぐると、ふたりの密着度に身体が硬直する。

「おい、頭を打って、これ以上馬鹿になったらどうすんだよ」

「ご、ごめんなさ――っ⁉」

（ち、近いっ‼）

ずれたメガネを整えると、氷室の澄んだ瞳が間近で悠里を見下ろしている。

吐息が今にも降りかかりそうな至近距離に、体内の血液が一気に沸騰《ふっとう》しそうになった。

「あ、あの……」

（絞り出した声が上ずって恥ずかしい）

そんな悠里を氷室は目を細めて鼻で笑った。

「お前、何赤くなってんの？」

「ば、ばばば、馬鹿なこと言わないでくださいよ！」

急に恥ずかしさが込み上げて、悠里はふいっと顔を背《そむ》けた。

「じゃあ、こっち向いてみろ」

氷室が無理やり悠里の顎をつかんで向き直らせようとするが、あまりの羞恥に顔を背けたまま動けなかった。

「顔がブサイクに歪んでるぞ？」

「やめてくださいってば！」

(だって氷室さんの目が綺麗すぎて……こんな間近で見つめられたら、きっとおかしくなる)

妄想する時にいつも出てくる執事のように、氷室はやはり端整な顔立ちをしていた。近くで見れば見るほど美しい容姿に、息をすることさえ恥ずかしくなった。

「も、もう！　どいてくださいっ」

「なぁ。お前、あのドラマCDを聴きながら、何を妄想してんだ？」

「へ？　も、妄想⁉」

(嫌だ、誰にも知られたくない、私の秘密の領域に入ってこないで……！)

目が合うと、まるで催眠術にでもかかったかのように、身体の力が抜け落ちる。『これ以上、氷室の目を見てはいけない』と警鐘が鳴っているのに、微動だにできなかった。

「別に、そんなのどうだっていいじゃないですか！　氷室さんだって、街でムチムチのナイスバディな女の人を見たら、妄想するでしょ⁉」

（暑い、そしてメガネが曇る……ブサイクな私をそんな近くで見ないでよ）

「そのムチムチのナイスバディを見て妄想するより、ここでお前にキスしたらどんな顔になるか……とか妄想したほうが、よっぽど面白いと思うけど？」

「なっ⁉　ななな、何言って……」

（キ、キス……⁉　まさかお口とお口でするほう……？）

「ダ、ダメ！　そんなの！　そういうのは、ちゃんと好きな人としたいから！」

慌てて身体をよじると、氷室は一瞬面食らったような顔をしたが、すぐに鼻で笑った。

「真面目に反応すんなって、どうせ冗談なんだから」

「冗談……？」

（そ、そうだよね。何ムキになってるんだろ、私）

氷室は悠里の頭をぐちゃぐちゃと撫でると、身を起こして時間を確認した。

「会社に戻る。原稿を進めておけ。それから鍵はかけとけよ？　変な奴が入ってくるかもしれねぇから」

そう言いながら、氷室は帰り支度をし始めた。

「氷室さんだって充分変な人ですよね……」

言われっぱなしではなんだか悔しくて、悠里は負け惜しみのようにボソリと呟《つぶや》いた。

「あぁ？　なんか言ったか？」

「い、いいえ！」

（やっぱり氷室さん怖い〜！）

「じゃあな」

仕事の顔に戻ってしまった氷室を少し惜しみつつ、悠里は部屋を出ていく彼の背中を見送った。

「はぁ……」

氷室が出ていった部屋に、再び沈黙が訪れる。

ベッドに押し倒された……とはニュアンスが少し違う。しかし、身体が密着したことを思い出すと、全身に伝わってきた氷室の熱の感覚まで蘇り、頬がだらしなく緩み始める。


——悠里、お前の肌……近くで見ると、結構綺麗なんだな。

——そ、そんなに見ないで……恥ずかしいから。

——恥ずかしい？　これからもっと恥ずかしいこと……しようってのに？

――っ⁉

――可愛い奴……ほら、もっとこっちに来いよ。どこをどうされたいんだ？　言ってみな。

――あ、あの……そんなこと言えません。

――言わないと、ずっと先には進めないぞ？

――もう……！　意地悪！

（っ⁉　いけない……また妄想の虜になってしまった）

時計を見ると、氷室が帰ってからすでに一時間は経っている。

（仕事しよ……）

氷室にぐちゃぐちゃにされた髪の毛を結び直し、メガネのレンズを拭くと、よからぬ妄想を断ち切って気合を入れ直した。


眠らぬ街、新宿歌舞伎町《かぶきちょう》――。

通りの喧騒を聞き流しながら、氷室はひとり、入り組んだ路地に入って、とある雑居ビルの中に入っていった。

『Lollipop《ロリポップ》』

それがこの店の名前だった。馴染みの店だったが、最近は一時帰国した時にもなかなか顔を出せず、ここに来るのは半年ぶりくらいだ。

氷室は入口の前に立ち、店の立て看板を見て小さくため息をつきつつも、口元に笑みを浮かべる。

相変わらず趣味の悪い名前だと思いながら、氷室は入口のドアを開けた。

「あぁん！　いらっしゃい、美岬。待ってたのよぅ！　うん、もう！　しっかり顔見せてちょーだい」

女装した大柄な男が、席に着いた氷室に飛びついて出迎えた。そして氷室の顔を捉えると、唇を突き出して頬にキスしようとする。

「あんまりくっつくな、うっとうしい」

氷室はそんな巨体を遠慮なしに引きはがすと、乱れかかった服を整えた。

この店に来たら、いつも一番奥の席に座る。

テーブル席が三つとスツールが五つ、店員も二、三人ほどの小さな店だが、いつもそれなりに客は入っていて、明るすぎない照明が心地いい。

「『日本に帰ってきたらすぐに店に来てね』って、あれだけ言ってたのに！」

煌びやかな衣装にどぎつい化粧を施しているが、微妙に生えている顎ヒゲまでは隠せないようだった。

「お前、ヒゲ生えてきてるぞ」

氷室は気まずさをごまかすように、話題を変える。

「あらやだ！　これぱっかりはねぇ〜、どうしようもないのよ〜クスン。でも、久しぶりね。元気そうで何より」

「久しぶりだな、直樹《なおき》」

「いやぁん！　今はその名前で呼んじゃ嫌！　デコンタ・ナオよ。ナオママ」

久しぶりの再会を喜ぶように、氷室の肩をバシバシ叩きながら、大柄の男は身体をくねらせた。

「そんな恥ずかしい名前、口に出せるかよ……」

木村《きむら》直樹。通称ナオママ。それが今、氷室のそばで腰をくねらせている男の名前だった。

氷室とナオママは幼馴染みで、小学校から中学校まで一緒だった。卒業してからも、なんとなく交流し続け、気づけば二十年以上の付き合いになっていた。

氷室はナオママの、真面目な一方、気さくで柔軟な性格を気に入っていた。

けれど、ナオママがイギリスの大学から帰国してきた時には、なぜかこんな風貌になっていたのだ。

そして、ある時、衝撃的な告白をされた。

『アタシ！　ずっと前から美岬のことが好きだったの……その、恋愛的な意味で……。でもね、やっぱり美岬とは今のままの関係でいたいの。だから、これからもいいお友達でいてくれる？』

ナオママが言ったセリフは、いまだに心の中に残っている。人生初の男からの告白に、氷室はみっともなくもうろたえた。

けれど、『恋人になってほしい』ではなく、『いいお友達でいてほしい』という言葉に安堵《あんど》した。もし、恋人になれとせっつかれていたら、その時点で友人関係が壊れていたかもしれない。

ナオママは昔から文武両道で優秀だった。いずれは会社の社長にでもなる器だと思っていたが、こんなかたちで経営者になるとは思ってもみなかった。幼馴染みがどうしてこうなってしまったのか、それはいまだに謎のままだ。

氷室はナオママとの過去を回想すると、いつの間にかカウンターの中に戻って、フンフンと鼻歌を歌いながらカクテルを作っている彼をチラリと見た。

その視線を素早く察知したナオママが、氷室のほうにクルリと向き直る。

「美岬が東京に戻ってくるって聞いた時は、もうパーティーしちゃったわよ！　あぁん、これから毎日お店に来てちょうだいねん」

「あぁ？　毎日なんて来れるわけないだろ、ただでさえ今、忙しいのに」

そもそもオカマバーなんて、氷室にとってはたまたまナオママが顔見知りだから来ているだけで、本来は無縁の場所だ。

中には女性と見分けがつかないくらいの美人なオネエもいるが、この店はほとんどゲテモノ揃いだ。けれど、どういうわけか見たところこの店は繁盛している。人間、外見だけではないということだ。

ナオママ以外にも気楽に話せる店員がいて、気兼ねなく過ごせるというのも氷室がここに来る理由のひとつだ。それに、帰国したからといってこの忙しい中、新規の店を探す気力もなかった。

氷室はスツールに座ってカウンターに両肘《ひじ》をつくと、深いため息をついた。日本に来て、初めての壁にぶち当たっていたのだ。

普通の人間が悩むところで、悩まない――。

それが氷室のスタイルであったが、悠里のことを考えると、悶々とした気持ちが湧いてくる。今日この店に来た本当の理由は、少しでもそんな気が紛れればと思ったからだ。

「元気ないじゃなぁい。何かあったのね？　いつものでいい？」

「え……あ、あぁ」

心の中を見透かすナオママの観察眼に、氷室は厄介な幼馴染みだと感じながら、うっすら笑った。

「俺が今、担当している作家、誰だかわかるか？」

「はぁ？　あのねぇ、アタシはエスパーでもなんでもないのよ？　何も聞かされてないのにわかるわけないでしょ」

ナオママは大きな鼻の穴からフンと息を出して、腰に手をあてがった。

「あはは、そうだよな。まぁ、お前の好きなユーリなんだけ――」

「ええええええっ!?　何だそれ？　聞いてねぇ！　マジか!?」

ナオママは氷室の言葉を大声で遮り、身を乗り出す。

ナオママは氷室が出版社に勤めていることは知っていた。けれど、日本に戻ってきてからなかなか会う機会がなく、あまり詳しい話をしていなかったため、思わず野太い男声を出して驚いた。

「お……おい、男になってるぞ」

「あら、やだ！　ついびっくりして地が出ちゃったわ、んふ」

ホールの客が目を丸くして注目するのを笑ってごまかし、ナオママはもう一度カウンターに身を乗り出す。

「もっと早く教えてよね！」

「な、なんでだよ、別にお前に関係ないだろ」

「関係大ありよぅ！　まずサインちょうだい。あぁ～色紙に額縁も必要ね」

氷室はラズベリージンの入ったカットグラスを傾けながら、女子高生のようにひとりでキャピキャピ盛り上がるナオママを、やれやれと呆れて見る。

ナオママは、どちらかというと王道のラブロマンスより、まがまがしい劣情が行き交う愛憎劇のほうが好きだった。

そして『愛憎の果て』が出版されてからというもの、すっかりユーリ作品の虜になっていた。

「あんな有名作家の担当になるなんて、さすが美岬ね！　実は、彼女のことは同人作家時代から知ってたの。彼女なら、いつかミリオンセラー作家になれると信じてた！　やっぱりアタシの目に狂いはなかったわ！」

自分の担当している作家にこんな熱烈なファンがいることは、氷室にとってても励みになった。

ユーリという作家は、思っていた以上に、まだまだ売れる素質を持っている。それが、今はまだうまく引き出せていない――。

氷室は自分でもらしくないと思いつつ、悠里をこれからどう導いていこうかと悩んでいた。

「あぁ。ただ、あいつはまだ泥をかぶったままの原石みたいなもんだ……」

素質ある作家を、自分の手でさらなる高みへと持ち上げる。それは編集者としての醍醐味でもあり、やりがいもある。

実際、悠里の熱意がこもり、読み手の興味をかき立てる『忘我の愛』からは作家としての才能が感じられた。

しかし、初めて悠里の家を訪問した日の朝のこと――。

＊　＊　＊

その日の朝は慌ただしく、編集室は殺伐としていた。

ユーリの連載は予想通り人気を集め、『艶人』の売り上げも好調だった。

「それでは、氷室君は『忘我の愛』を映画化したいと、そういうことだね？」

企画会議で『艶人』で連載している小説のうち、ひとつを映画化するという企画があがり、氷室は真っ先にユーリの『忘我の愛』を推した。

「はい、まだ連載が始まって日も浅いですが、ユーリの連載によって雑誌の売り上げも伸びています。実際、読者アンケートでは実写化の要望もありますし……」

氷室の提案に、映画化企画担当者は腕を組んで、低くうなりながら考え込んでいた。

「いいシナリオになりそうだとは思うんだけどねぇ。これを実写化するとなると、時代背景が現代じゃないだけに、セットに費用がかかる。まずは書籍化して、様子を見てからにしてはどうだ？」

いつもの自分なら、ここで『そうですね』と返事をしているはずだった。

けれど、氷室は早く『忘我の愛』の映画化にまでこぎつけたいと焦っていた。それが現実になれば、悠里はもっともっと作家として成長する。

「しかし、彼女が注目されているこのタイミングでの映画化となれば、集客も望めるでしょうから、いい結果につながるはずです」

「確かに、『忘我の愛』は映画にしても面白そうだ。とりあえずこちらで検討してみるよ。やり手の氷室君がそう言うなら、期待できそうだからね」

映画『愛憎の果て』がヒットしたことで、ここの映画制作会社はいい思いをしているはずだ。だから今回も前向きに考えてくれればいいのだが……。

そう思っていた矢先——。

「珍しいな。あんな熱心なお前、久しぶりに見たぞ」

企画会議が終わり、映画化についてなんだかうまくごまかされた、と悶々としながら廊下を歩いていると、後ろから北村に呼び止められた。

「それは挨拶か？　それとも喧嘩売ってんのか？」

「まぁ、話聞けって。『忘我の愛』の書籍化はまず間違いないだろう。人気作家だしな……けど、映画化についてはまだちっと気が早すぎる」

北村の言っていることは間違っていないと、氷室も内心ではわかっていた。冷静に考えれば、書籍化してその反響を見てから映画化したほうがうまくいくだろう。

(俺らしくないだろ……)

氷室は何度も自分にそう言い聞かせて、頭の中を整理しようと試みた。

「ひとりで考え込むなって。こういう時に編集長の俺を使えよ」

「え……？　なんだって？」

「昔のよしみだ。俺からもお前の企画を後押ししておく。お前がデキる男だってことは、俺がよく知ってるからな」

北村は映画化に乗り気ではないと思っていたから、その言葉は氷室の思考を停止させるほど意外なものだった。

「けど、条件がある」

しかし、こういう時の北村は、ろくなことを考えていない。

「……何が望みだ？」

氷室が身がまえると、それを察した北村は胡散《うさん》臭い笑顔で言った。

「お前にもうひとり、作家の担当を任せたい。後藤《ごとう》エミリーだ」

「なっ……なんだって？」

北村の真面目な顔つきから、冗談ではなさそうだと感じた氷室は、思わず目を見開いた。

北村は本当に食えない男だ。

うまいことおだてて話に引き込んだかと思えば、無理難題を突きつけてくる。

「お前、俺を生《い》け贄《にえ》にするつもりか？」

後藤エミリーといえば、毎日エステに通うほど美に執着している、四十代半ばのワガママ放題の女王様作家だ。

　本を出せば必ず売れるため、多くの出版社から執筆依頼が殺到し、天狗《てんぐ》になっていると陰で言われている。

　だから名前を聞くだけで、どうしても反射的に眉間に皺が寄ってしまう。

「まあ話を聞けって。エミリー先生、今の担当者が合わないようで、『担当を変えなかったら、もううちで書かない』って言いだしてさぁ。俺もあの女王様にはお手上げなんだ。けど、必ずヒット作を生み出してくれるから、彼女をここで手放すわけにもいかないんだ。この条件を呑むなら、ユーリ先生の書籍化と映画化の話、俺が全面的にバックアップしてやる」

「汚いぞ……」

「仕事だから仕方がない、諦めろ」

　氷室はすでに数十人もの人気作家を受け持っている。正直、これ以上担当作家を増やしたくはないが、ここで編集長である北村をうまく利用しない手はない。

　その時――。

『お願いです！　頑張りますから、氷室さん、こんな私についてきてくれませんか!?』

一瞬、悠里に言われたセリフが脳裏にフラッシュバックした。まるでプロポーズのような意気込みに、氷室はあの時、言葉が出なかった。

氷室が初めて『愛憎の果て』に出会ったのは、去年、ちょうど東京に出張した際、ふと立ち寄った書店で、何気なく手に取った時だ。

パラパラと流し読みする程度のつもりだったが、気がついたら購入していて、その日のうちに読破してしまった。

『久しぶりに面白い小説に出会った』というのが氷室の率直な感想だ。ここ最近の小説はどれも似たような内容で飽き飽きしていたのだが、久しぶりに気分が高揚した。

早速、作者であるユーリについて調べてみると、『愛憎の果て』が初の書籍であることがわかった。文章の書き方は若干甘いが、まだまだ成長する作家だと直感した。

まさかその翌年、自分がその作家の編集担当になるとは思いもよらなかった。

悠里の担当となった今、『この泥まみれの原石を、俺が磨き上げてやる』……そう心の中で思っていた。

「わかったよ……。エミリー先生の件、呑めばいいんだろ」

背に腹は代えられない氷室は、無意識に北村にそう答えていた。

「いや〜話が早くて助かるね。あの〝じゃじゃ馬女〟を手懐けられるのは、氷室しかいないって！」

北村は勝手なことを言いながら、氷室の肩をバシバシ叩いて満面の笑みを浮かべた。

そんな北村のしたり顔を見ていると、氷室は無性に腹が立ってきた。

＊　＊　＊

「美岬？　どうしたのよ。さっきから怖い顔しちゃって」

「え……？」

氷室はナオママから声をかけられて、ようやく我に返った。

ずいぶん長い間、自分の世界に入ってしまっていたようだ。気がつくと、グラスの中の氷が溶け切って、カクテルが二層になってしまっている。

「ぼーっとしてないで、ほら、今夜は美岬の好きなフランボワーズケーキを作ったのよ。ほんとに見かけによらず、可愛いものが好きなんだから！　これ、アタシも結構気に入ってるの。メニューに加えてあげるわ」

〝フランボワーズ〟とは、フランス語でラズベリーのことだ。

氷室の前に出されたのは、ピンク色のスポンジの上にクリームと小さなラズベリーが乗ったケーキで、真っ赤なソースで彩られていた。その可愛らしさは、クールな氷室にはおよそ似つかわしくない。

「美岬ってば、昔からラズベリーが好きよね……ふふ、可愛い。そういえばいつものアメちゃんは持ち歩いてるの？」

「うるさい、アメちゃんとか言うなよ。馬鹿にしてんのか？」

「何よ〜、アメちゃん持ってるくらいで照れることないじゃない。でも、アタシは美岬のこと応援してるわ。どんなことがあってもね！　売れる小説って、才能ある作家と面倒見のいい編集者のベストコンビから生まれると思うの。ふたりの相性次第かしらね」

氷室は、悠里に映画化の話をした時の、彼女の笑顔をふと思い出した。

目立つことが嫌いであか抜けない、鈍くさい作家だが……あの時の悠里は心から喜んでいた。

そう思うと、氷室は頬を緩めた。

「あんな笑顔を見せられたら、死にもの狂いであいつを支えるしかないだろ……」

氷室は独り言のように呟いて、ラズベリージンを一気に飲み干した。

第六章　蘇るトラウマ

とある日の十四時――。

（まだ修正を入れた原稿の返事、来てないや……急いでるんだけどなぁ）

悠里はひとり、部屋でパソコンの前で、ため息をつきながら突っ伏していた。

最近の氷室はめっぽう忙しいらしく、メールの返事も翌日になってから来ることが増えてきた。

昨日、いきなり氷室から電話がかかってきて、用件ついでに後藤エミリーの担当になったと聞いた時、悠里は言葉が出なかった。

氷室はその時の電話で、後藤エミリーの担当を任されて以来、余計な仕事が増えて手が回らないとボヤいていた。

エミリーの傲慢《ごうまん》ぶりは何度か噂で耳にしたことがあるだけに、悠里は氷室のことが気がかりでならなかった。

（電話してみようかな……）

悠里はスマホを手に取ると氷室の番号を呼び出した。

数回呼び出しコールが鳴って、氷室が電話に出る。

『お前か、なんだ？』

最初から相手が悠里だとわかっていたからか、彼はぶっきらぼうな声を出す。

「氷室さん、この前の原稿の修正どうでした？」

『あぁ、悪い……今日中にチェック入れたやつをデータで送る。あと少しでまとめ終わるから』

電話で話している間も何か作業をしているのか、なんとなく忙《せわ》しなさが伝わってくる。

「私、今から出かけるんで、その帰りにでもそちらに寄ります。メモ紙でもいいので置いておいてくれれば取りに行きますよ」

『そうか、それでいいなら……もう少しで出かけなきゃならないんだが、それまでには用意しておく』

「出かける……？」

『俺がいなくても、誰かしらに預けてわかるようにしておくから』

「はい。じゃあ」

（なんだ……氷室さん、会社にいないんだ。せっかく会えるかと思ったのに……）

『あ、そうだ。ちょっと待て』

がっかりした気持ちで悠里が電話を切ろうとすると、氷室が何か思い出したような口調で引き止めた。

『来週うちの会社主催の、謝恩パーティーがあるんだよ』

「え……？」

それは悠里にとって、執筆業に就いて以来、最も苦手とする悪夢イベントだ。

仮病を使って欠席しようとしたこともあるが、加奈に無理やり引きずられるようにして連れていかれたものだ。

「そ、それは……」

『あぁ、今回のパーティーは『艶人』の創刊十周年記念も兼ねてるから、お前は否応なしに出席だな』

「えーっと」

『まさか、欠席します、とか言わないよな？』

そう言いつめられると、スマホ片手に撃沈しながら絶望的な気分になった。

氷室が電話口の向こうでニヤリと笑っているのが目に浮かぶようだ。

「ぜ、ぜひ参加させていただきます……」

電話を切ると、思いの丈を「あーっ！」と盛大に声に出しながらフローリングに転がった。

（謝恩会……謝恩会……謝恩会……美味しい物は食べられる。でも、でも――）

悠里は思い出したかのようにむくっと起き上がって、密かに買ったメイク用の鏡にパッと自分の顔を映し出した。

サイドにＬＥＤライトがついた、芸能人も御用達《ごようたし》の魔法の鏡。

その謳《うた》い文句に乗せられて、つい先日購入してしまった。ライトに照らされると、化粧をしていなくても不思議と肌色がよく見える。耳元で妄想執事が〝美しいです〟と囁いている気がしたが、ライトのスイッチを消すと一気に現実を突きつけてくるという、えげつない鏡でもある。

（やっぱり、もとが悪いからな……）

先ほど氷室が言っていた謝恩パーティーのことを考えると、頭を抱え込んでしまう。パーティーに行っても、知らない作家や漫画家、書店の店長ばかりで顔見知りなどいない。

悠里はもともと社交的な性格ではない。初対面の人同士が和気あいあいと話に花を咲かせているのを横目に、いつもひとり、隅のほうで食べ物をつついているタイプだ。

なるべくなら行きたくないが、今回は謝恩会を兼ねた『艶人』の記念パーティーだから、欠席は不可能だ。

「はぁ……気が重い」

（どんな服着ていこう。もちろん、ジーンズはNGだってことはわかってるけど、謝恩会みたいなところはドレスコードがあるもんね……）

何度も深いため息をついて、鏡と一緒に購入したファッション雑誌をなんとなく広げてみた。

すると、たまたま開いたページの見出しに目がとまる。

〝必見！　薄化粧で魅力を引き出すメイク術！〟

悠里は思わず雑誌を引っつかんで、目をカッと見開いた。

「これだ……！」

今こそ、この雑誌をフル活用する時だと思った。

「薄化粧なら手間もかからないし、万が一の来訪者に備えてテクニックは磨いておくべき……か、ふむふむ」

鏡を覗き込んで、まずは自分の顔のパーツを確認する。

瞼は二重《ふたえ》、鼻筋は通っているが低いほう、赤みを帯びやすい頬に薄い唇……。

（うぅ……ブサイクだ。ほんとに私に魅力なんてあるの……？）

自分の顔に希望が持てずに、ガックリと肩を落としてしまう。

『どのメイク術も洗練されているように見えるのは、モデルがいいからじゃないの？』

とひねくれたことさえ思ってしまう。

（モデルさんみたいに外見がよければなぁ……。でも、こんな私でもいいって言ってくれる人がそのうち……）

するとと頭の中にお馴染みのモヤがモワモワとかかる。

——悠里、お前の素顔は可愛いんだから、俺がもっとお前に合った化粧の仕方を教えてやるよ。

——イケメン執事様……？　じゃない……よね？

——イケメンには変わりないけどな、執事じゃないぜ。俺はメイクアップアーティスト。どんな女も俺の手にかかれば見違えるぞ。

——メイクアップアーティスト？

——ほら、俺がいい女に仕立ててやるからこっち向きな。

——か、顔が近い……！　それに、メイクアップアーティストって、もっとこう柔和な男子じゃないの？

——おいおい、変な先入観を持つなって。あぁ、お前の唇……形がいいな、どんなルージュも似合いそうだ。

——く、唇をプニプニしないで！　でも、気持ちいいな……。

——ふっ……じゃあ、もっとお前が照れるようなことしてやろうか？　例えば、このチークブラシであんなところやこんなところ……。

——あ、やだ……ダメだったら！


「ひっ⁉」

身体がびくりと跳ねると、妄想の世界から我に返る。

目の前の鏡には間抜け顔が映し出されている。

（また妄想にふけってしまった……しかもなんか、相手がちょっと氷室さん風だったし！）

妄想の世界には、いつも物腰柔らかい執事が出てくる。

けれど、今回はなんだか俺様風だった。心のどこかで氷室のことを考えていたからかもしれない……一瞬そう思ったが、首を横に振って全面否定した。

ふと時計を見ると、すでに十五時を回っていた。

悠里は今日、新宿の書店へ出かけるつもりだったが、氷室から謝恩会の話を聞かされて急遽予定を変更し、謝恩会用の服を買いに行くことにした。そして、その帰りに出版社に寄る用事ができたものの、氷室に会えないと思うとなぜか気持ちが沈んでしまった。

（あぁ、もう！　考えるのやめよう！　出かける支度しなきゃ）

気を取り直してもう一度雑誌に目をやり、勇んでメイク道具を取り出した。

悠里は謝恩会用の服をあれこれイメージしながら、意気込んで新宿の某大手デパートにやってきた。

週末でもないのに人でごった返している。若干、人波に酔いそうになっていると、初夏のファッションでコーディネイトされたマネキンに目がとまる。

（可愛い……！　あれなんかもいいなぁ）

マネキンが着ている服がどれも可愛く見えて、似合わないとわかっていても自分が着ている姿を思い浮かべてしてしまう。こういう時、ついでに自分の顔も美化しており、生まれ持った豊かな想像力に自画自賛してしまう。

（氷室さんにはいつもいつもブサイク呼ばわりされるし！　イメチェンでもして『可愛い』って……言ってくれるわけないか、アメリカンじゃないし）

と、その時――。

「いらっしゃいませぇ。お客様、何かお探しですか？」

（来た……！）

悠里は内心そう思い、迫りくる店員に身がまえた。前回の化粧品のことといい、この手の店員には要注意だ。

「見てるだけですので、おかまいな――」

「今年の新作のお洋服がたくさん入ってきたんですよぉ、これなんかどうですか？」

（き、聞いてない……！　なかなか手ごわい相手！）

「お客様は肌の色が白くていらっしゃいますから、こういった薄付きのピンクとか、お似合いですよ？　スカートは普段はかれます？　ピンクって春だけって思ってらっしゃる方も多いんですけど、これくらいの目立たないピンクなら夏場も着られるし、お勧めですよぉ」

若い女性店員は薄付きのサーモンピンクのスカートを広げてみせた。

（可愛い……！）

店員の言葉に乗せられて、ひと目見てそのスカートが気に入ってしまった。

「こういう色、恋カラーっていうんですぅ。こちらのベビーピンクのアンサンブルも素敵ですよぉ」

〝恋カラー〟

乙女心をくすぐるには充分すぎるほど、甘い響きだった。

「……恋カラー、全部ください」

「はぁい、ありがとうございます～」

結局、甘い誘惑には勝てず、勧められるがままに悠里は全部購入してしまった。

(はぁぁ、目的地に着くまでにこんなに買い物して、私、何やってるんだろ……)

ガサガサとかさばるショップバッグを抱え直しながら、悠里はようやく到着した大海出版のエントランスをくぐった。

「あ、あの……文芸の氷室さんは……あ、えっと私は高峰っていう者なんですけど」

先日、悠里のことを地味だのなんだのこそこそと言っていた受付嬢に告げる。

彼女は何食わぬ顔で悠里を見ながら、編集部に内線で取り次いでくれた。

「申し訳ございません。氷室はただ今、外出中なのですが……高峰様というのはユーリ先生でよろしいでしょうか?」

「は、ははは、はい……!」

悠里はあまりペンネームで呼ばれるのに慣れていない。〝悠里〟と呼んでいたのは加奈くらいだった。

(なんだ。やっぱり氷室さん、まだ帰ってきてないんだ……)

デパートで少し時間をつぶして十七時頃に行けば、もしかしたら出先から戻ってきているかもしれないと思っていたが、期待は外れた。

「ユーリ先生を文芸部に通すように言付けがありましたので、こちらへどうぞ」

出版社に来ることには慣れているが、氷室がいないと思うと心もとない。どんな人に会うのだろうと緊張して、左右同じ手足を出しながら、悠里はカクカク歩いてエレベーターに乗った。


「あっ、ユーリ先生、お疲れ様です。すみません、せっかくいらしていただいたのに。氷室はまだ帰ってきてないんです」

編集室に顔を出すと、若い男性社員が寄ってきて、数枚のA4用紙の入ったファイルを手渡された。

「あ、いいんです……すみません、お忙しいところ」

自意識過剰とはわかっていても、なんとなく社員の人たちがこちらを見ているような気がしてならなかった。

「あの方が、氷室さんが担当してるユーリ先生？」

「そうそう、前にも何回かここに来てたな」

悠里はふと聞こえてきたそんな会話に恥ずかしくなり、早くこの場から逃れようと、深々と頭を下げてその場を離れた。

（まぁ、せっかく来たんだし……）

悠里は五階にあるカフェテリアで、休憩がてら先ほど手渡された修正案をチェックすることにした。ここは誰でも気軽に入れるし、落ち着く。

早速、ファイルの中身を取り出して、直筆で書かれた氷室の字を見ると、達筆で目を奪われた。

そして指摘された箇所を練り直していると、不意に背後から声をかけられた。

「ユーリさん？」

フローラルな香りがふわりと鼻をくすぐって振り向くと、悠里は石化したように全身が固まった。

「あ、あなたは……」

目の前に立っていたのは、言わずと知れた大海出版のエース作家、後藤エミリーだった。エミリーは巻き髪の毛先を指でクルクルともてあそびながら、にっこり笑っている。

「ごきげんよう」

ボディラインがくっきりとわかる黒のセレブワンピースをまとい、芸能人っぽくサングラスをかけている。

エミリーは毎日エステに通っているせいか、歳のわりにはキメの細かい肌をしていた。美人ではあるが化粧が濃いのがなんとも残念で、どこかの海外ブランドであろう香水の香りがプンプン漂ってくる。

(タイミング悪すぎでしょ……)

この業界に入ってから、エミリーに何度か会う機会はあった。エミリーは派手好きで、毎回違う男をまるでアクセサリーのように連れていた。常に高級ブランド品のバッグを持ち歩いていて、同業でも生きる世界が違う人間だと、無意識に彼女を避けるようになっていた。

「お久しぶりね、ユーリさん。今日はどうしたのかしら?」

「え、えっと……ただ書類を取りに来ただけです」

同席を許可した覚えもないのに、エミリーは無言で向かい側に座り、髪を揺らしながらさっとサングラスを外した。

改めて近くで見ると、エミリーは年甲斐《としがい》もなくケバかった。歳を化粧で懸命にごまかそうとしているのがわかる。けれど、なぜか女として妖艶《ようえん》な雰囲気をまとっている。

「ユーリさんの『忘我の愛』毎月楽しく読ませていただいてるわ。なかなか面白い話ね」

エミリーは作家歴が三十年くらいのベテランだ。面白いと言っているが心底そう思っているわけではないのがわかる。

いわゆる社交辞令というやつだ。

「私の『皇帝溺愛語り』も読んでくれてるかしら?」

エミリーは目を細めながら、身を縮こませている悠里を見た。

『皇帝溺愛語り』はエミリーが今、『艶人』で連載している小説で、中国の時代もの恋愛小説だ。

初めてそのタイトルを見た時、とにかくセンスが悪いと思ったのを覚えている。

率直に『面白くない』と告げたら、この高慢な顔がどう変化するだろうかと、よからぬ想像をしてしまう。

「え、あ、はい……冒頭の部分だけですけど……」

正直、今はほかの作家が書いた小説を読んで勉強する暇はなかった。それに集中して執筆している期間は、あまり影響されないように、なるべくほかの作品を読まないことにしている。

「あら、そう……読んでいただけてないのね。残念だわ」

悠里の返答にエミリーが眉をひそめた。先ほどまで小馬鹿にしたような笑いを浮かべていたのに、徐々に雲行きが怪しくなってくる。

（あ……まずい）

正直に答えてから後悔した。この女は完璧主義の高慢な自信家で、みんなに注目されていないと機嫌を損ねる女王様だと、つい忘れていた。

「あ、あの！　今はちょっと忙しくて目を通せていないだけ——」

「たった一作品売れただけでそんなに忙しいのかしら？　ふふ、私は万年引く手あまただけれど……」

「なっ……！」

エミリーは悠里の反応に意地悪くニヤリと笑った。今にも『オーッホッホッホッホ！』という高笑いが聞こえてきそうで、嫌な気分になる。

「途中までしか読んでないということは、続きがさほど気にならない、つまりは私の小説が面白くないってことかしら？」

『私の小説は当然面白い。〝面白くない〟なんて言う読者はその素晴らしさに気づいていないだけ』と言わんばかりの気迫に、悠里は言葉を失った。

「今日もね、こちらの出版社で独占インタビューの取材だったの。そういえばユーリさんも今売れだしてる作家さんなのに、取材記事は一度も見たことがないわね」

「それは……」

今までインタビューの依頼が来なかったわけではない。今でも、多方面から依頼はくる。けれど、作者が表に出ることで小説のイメージが崩れるのではないかという懸念があり、受けていなかった。

「取材は……全部、お断りしてるんで……」

「まぁ！　お断りしてるだなんて！　あなたずいぶんお偉い作家さんなのね。ふふ」

蛇《へび》の舌でぺろりと頬を舐められるような気色悪いエミリーの笑いに、唇を結んでただうつむいて耐えるしかなかった。

「最近、担当さんが変わってね。氷室美岬さんっていったかしら？　ユーリさんと同じ担当さんですってね」

氷室の名前が出て、悠里はうつむいていた顔を上げた。

それを見たエミリーは目を細めて小さく笑う。

「素敵な方じゃない？　あんな容姿端麗な担当さんなら、私もいくらか無理をしてもいいって思えるわ。今までの担当さんは、なかなか私と反《そ》りが合わなくて困っていたから」

（それはあんたがワガママ放題言ってるからじゃないの？）

内心そう思いながら、早く会話が終わらないかと目を泳がせた。

「あら、あなた、室井慶次の小説をお読みになるの？」

悠里のバッグの中から覗いていた室井慶次の小説に目をとめて、エミリーが意外そうな顔をして言った。

「あなた恋愛小説家なのに、好みはサスペンスなのね。そういえば氷室さんって、室井慶次の息子さんなの、ご存知？」

「え？　ええっ!?」

悠里はつい我を忘れ、椅子から勢いよく立ち上がると、前のめりに手をついた。

「あなた、自分の担当者のこと、何も知らないのね」

エミリーは開いた口が塞《ふさ》がらない悠里の間抜けヅラを見ながら、呆れたようにため息をついた。

周りの人がチラチラと悠里とエミリーを見ていたが、悠里はそれを気にする余裕もなく、口をパクパクさせた。

「氷室さんは、子供の頃から『室井慶次の息子』とばかり言われるのが、嫌だったみたい。ほかにも親子の確執みたいなものがあるっぽいわ」

エミリーは、いかにも『私のほうが氷室さんのことをよく知っている』と言わんばかりに、得意げな顔をしてみせる。

「そ、それは……知りませんでした。でも氷室さんが私を担当することと、室井慶次の息子であることとって何か関係があるでしょうか？」

負けじと言い返すと、エミリーは悠里の意外な返答に目を丸くした。

「氷室さんは私のために夜遅くまで仕事したり、たまに徹夜したりして支えになってくれてます。仕事は厳しすぎるくらいですけど、何も知らないわけじゃないです」

「ふふ」

エミリーはムキになって反論する悠里を見て、クスクスと鼻で笑った。

「そう、ところで……いい物をお見せするわ」

エミリーがバッグから取り出したのは『艶人』の人気投票アンケートだった。

「な、なんであなたがこれを……？」

「前の担当さんにちょっとお願いしてね。やっぱり読者の生の声は聞いておきたいじゃない？」

それは『艶人』に掲載されている作品に関する、二十代から四十代の読者の声だった。

「え……」


――ユーリの小説はイマイチ。文章力に欠けている。

――心情描写が下手くそすぎて、感情移入できない。

――やっぱり一発屋の小説家。

――作家として勉強不足だと思う。


（何これ、何これ……何これ！）

悠里はそこに書かれている内容に、頭の中が真っ白になって唇をギュッと噛みしめた。

そんな悠里の姿を見たエミリーは、満足げにほくそ笑んだ。

「あなたの『忘我の愛』に対する読者の率直な意見よ」

「そ、そんな……」

『忘我の愛』は連載当初から人気絶頂で、ファンレターも応援の声ばかりだった。けれど、読者の中には自分の作品を批判する人もいるのだ。

わかっていたつもりだったが、その事実をまざまざと突きつけられると、ハンマーで頭を殴られたようなショックを受けた。

「っ……」

（やだ、やだ、やだ……！）

浮かんでくる批判の言葉を何度も拒絶するが、耳を塞いでも頭の中でガンガン響いてやまなかった。

「ふふ、そのアンケート用紙、コピーだから差し上げるわ。今後の参考になるといいわね。あ、そうだわ、来週の謝恩パーティーでまたお会いしましょうね」

エミリーはそう言って席を立ち、出口の方に歩きだした。

（本当に嫌な女……）

次第に視界がぼやけて、何も見えなくなってきた。泣いていると認めたくなかったが、せめてエミリーの前で泣かなかったことにだけは、自分で自分を褒《ほ》めてやりたくなった。

悠里は見たくないと思いつつ、もう一度アンケート用紙に目を落とす。

「はぁ……」

再び突きつけられた現実が、さらに胸をえぐったその時――。

「おい」

タイミング悪く、今、最も会いたくない人が、ちょうどカフェテリアに入ってくる
のが見えた。

「なんだここにいたのか」

氷室はそう言って悠里の席に近づくが、エミリーによって阻まれる。

「あら、氷室さん！　偶然ね、出先から戻ってきたの？」

エミリーはルンルン気分で氷室のそばへ寄ると、気安く腕を絡ませた。戸惑う氷室
の表情などおかまいなしに、エミリーはぐいっと豊満な胸元を押しつけている。

「あの、後藤先生、あまりくっつかないでいただけますか？　香水の匂いがつくと困
りますんで」

「ふふ、はっきりしてらっしゃるのね。やっぱり編集者はこういう方でなくちゃダメ

ね。ねぇ、ユーリ先生もそう思いませんか？」

（私のことなんか放っておいてほしいのに、声かけないでよ。氷室さんに泣いてることがバレちゃう……）

急に話を振られて、悠里は咄嗟にうつむいた。

「……私、帰ります」

やっと喉から絞り出された声は震えていた。

その声に、氷室の表情が曇る。

「おい、ちょっと待てって……！」

悠里は荷物を全部引っつかんで椅子から立ち上がると、ふたりに泣いている顔を隠すようにうつむきながら、さっとカフェテリアを飛び出す。

すると、追い打ちをかけるように、エミリーの笑い声が針のように悠里の背中を刺した。

『ユーリの小説はイマイチ。文章力に欠けている』

『心情描写が下手くそすぎて、感情移入できない』

『やっぱり一発屋の小説家』

『作家として勉強不足だと思う』

脳裏にぐるぐるとこだまする読者の声。

（早く家に帰って原稿を進めなきゃ……）

気持ちは焦るが、こんな精神状態で何が書けるだろうかと思うと、情けなさで胸が締めつけられる。

無我夢中で大海出版を勢いよく飛び出すと、日が暮れかかっていた。

（明るくなくてよかった……こんな涙でぐちゃぐちゃな顔、誰にも見られたくない）

下を向きながらスタスタと人の波をかいくぐっていると、すれ違う人の話し声でさえ自分の小説の悪口ではないか、と過敏になってしまう。

（嫌だ！　聞きたくない！）

その時——。

「待てって言ってるだろ……耳ついてんのか⁉」

悠里が走りだそうとした刹那《せつな》、突然誰かに腕を取られて脇道の路地へ引き込まれた。

「ひっ⁉」

この人の多さでは、人がひとり路地に連れ込まれても、誰も気づかないだろう。それは一瞬の出来事で、悠里は息を呑んだ。

「ひ、氷室さん⁉」

目の前には両膝に手をついて、乱れた息を整えている氷室の姿があった。

頭の中がぐちゃぐちゃで、氷室の呼び止める声に全く気づかなかった。悠里は慌てて頬を伝っていた涙を拭う。

「お、お前……この俺を全力失走させるなんて……いい度胸してんな」

「え……？」

（もしかして、氷室さん……私を追いかけてきてくれたの？）

途中走ったりしたから、出版社からはずいぶん離れたと思っていたが、あっさり捕まってしまった。

「どうして……？」

「どうしてじゃないだろ、この馬鹿！」

険しい顔つきの氷室と目が合うと、悠里は反射的に顔を背けた。

「ば、馬鹿って――」

「あの女に、何言われた？」

「別に、何も……」

「つべこべ言わずに言ってみろ」

いつになく厳しい氷室の口調に戸惑いながら、先ほどのエミリーとのやり取りをぽつぽつと口にする。

「その、室井慶次の息子が氷室さんだって――」

「はっ、ごまかすなよ。お前が泣いた理由はそれじゃないだろうが」

(何もかもお見通しだ……隠し事なんてきっとできない)

薄暗い路地がふたりを街の喧騒から切り離し、まるでふたりだけの世界のように思えた。

「あの……」

「その手に握りしめてるやつを見せろ」

「な、なんでもないです……これは、あっ――」

握りしめていたアンケート用紙を、無意識に後ろに隠そうとした瞬間、氷室はいとも簡単に悠里の手から紙を引ったくると、それを見てため息をついた。

「これを見て、ショックを受けたってわけか」

「……はい」

「お前、それでも作家か」

「え……?」

氷室を見上げると、彼は怒っているような、呆れているような、つかみどころのない表情で悠里を見下ろしていた。

「小説の好みなんか人それぞれだろ。万人ウケする話なんかない」

「それは……わかってますけど」

「わかってないからへこんでるんだろうが。お前、賛否両論って言葉を知ってるか？　小説にしろなんにしろ、世に出せば批判する人が出てくるのは当然だ。否定的な意見も受け止められる覚悟がないなら、今すぐ作家をやめろ」

「っ……」

「そんな奴はプロでもなんでもない」

氷室の厳しい視線から本気で怒っているのだと感じると、情けなくて泣けてきた。

今まで堰止めていた涙腺がついに崩壊し、悠里は声を殺しながら泣いた。

「厳しいことを言うようだけど、作家ってそういう世界だろ？　それに、このアンケートはほんの一部だ」

「え……？」

「あいつ、お前の『愛憎の果て』が映画化されたのがずっと気に入らなかったみたいでさ。お前に会ったらいつでも嫌がらせできるように、お前の批判が書いてあるアンケートを持ち歩いて、ここぞとばかりに見せつけてきたんだろ。でも、これが全部だと思うなよ」

　そう言いながら、氷室は奪い取ったアンケート用紙を『くだらん』と言わんばかりに破り捨てた。紙くずが散り散りになって夜の闇の中に消えていく。

「どんな小説でも批判する奴は必ずいる。けど、お前の連載を楽しみにしている読者はそれ以上にいるんだ。それを忘れるな」

「うっ、うぅ……」

　メガネを外して嗚咽《おえつ》を漏らしながら涙をゴシゴシ拭っていると、ふと目の前が暗くなって顔を上げた。

　同時にふわりと瞼に生暖かい感触がした気がして、悠里は数回、瞬きをした。

（ひ、氷室さん……？）

　突然のことに固まっている悠里をクスリと笑って、氷室が涙をすくうようにもう一度悠里の瞼にキスをした。

（う……そ……？）

「泣きたかったら泣けよ。ただし、今だけだ……わかったな？」

「あ……」

　次の瞬間、悠里は腕を取られて、氷室の温かな胸の中に抱き込まれた。

柔らかな体温に安堵しながら、声を殺すことも忘れて泣きじゃくる。

（私、みっともない。けれど今だけは……）

「ふっ……ガキみたいだな、お前」

まるで子供をあやすような声音が、耳に心地よく響く。

あえて痛いところを突き、叱咤《しった》するのは氷室が親身になってくれている証拠だ。

（氷室さんと一緒なら、きっといい小説を書き続けていけるに違いない）

「氷室さん……」

数回頭をぽんぽんと軽く叩かれて、氷室の手がゆっくり悠里の頭を撫でた。

「なんだ？」

「は、鼻水が服についちゃいました……」

そう言うと、悠里を宥めていた氷室の手の動きが固まった。

「な……！」

氷室は慌てて、黒いカッターシャツの胸の部分をつまんで見る。

今まで穏やかだった彼の表情が一瞬でピキッと凍りつくが、すぐに顔を柔らかく緩めた。

「はぁ、お前なぁ、ほんと……」

「すみません！」

「色気のない奴」

「す、すみません……」

ひとしきり泣き、面目なくてうつむいていると、クスクス笑う声が聞こえて目線を上げた。

すると、氷室の顔がクシャリと崩れる。

「ぷっ……あはは」

氷室は『我慢《がまん》できない』と言うように声をあげて笑いだした。

何がおかしかったのかと思い返しても、わからなかった。人前で泣いたことなのか、鼻水をつけたことなのか……全く見当がつかない。

悠里がきょとんとしていると、不意に口に何かを押し込まれた。

「ほら」

「んっ⁉　これは……」

「お前はこれでも舐めてろ」

気づけばほんのり甘酸っぱい味で覚えのあるアメ玉が、舌の上で転がっていた。

「氷室さん、このアメいつも持ち歩いてるんですか？」

「別にいいだろ、腹が減った時に食ってるだけだ」

そのとろけそうな優しい味に、悠里のささくれ立った気持ちも次第に落ち着きを取り戻していった。

（甘くて、酸っぱくて、味の名前が思い出せなくて……このよくわからない感じ、氷室さんそっくり）

「ふふ……」

そう思うと自然に笑みがこぼれてしまった。

（もう迷うのも、落ち込むのも、泣くのもやめよう。またつらくなる時があるかもしれないけど、氷室さんならどんな時もきっとそばにいてくれるよね）

自分にそう言い聞かせると、心が軽くなっていく。

「あ……」

すると氷室の手がすっと伸びて、悠里の頬に優しく触れた。

彼の瞳はこの上なく優しくて、ついうっとりと眺めてしまう。

そして消え入りそうな氷室の呟きが聞こえた。

「ブサイクでも、そうやって笑ってると……案外、可愛いもんだな」

「え……？」

空耳かと思い、悠里は確かめようと聞き返した。

「今、『可愛い』って言いましたよね？」

「はぁ？　俺がブサイクにそんなこと言うわけないだろ」

「も、もう……！　ブサイクって何回言ってるんですか？」

互いに顔を見合わせると、ふたりとも噴き出して笑い合った。

（今の……やっぱり空耳だったのかな）

甘酸っぱい余韻を舌に残したまま、アメはいつの間にか消えてなくなっていた。

しかしそのアメは悠里の心に、〝恋〟というもうひとつの味を宿そうとしていた。


数日後――。

「はぁ……」

悠里はパソコンの前で撃沈していた。

【大海出版主催　謝恩パーティー日時詳細】

氷室から送られてきたメールを開くと、パーティー会場が都内でも有数の高級ホテルで、大きなプレッシャーを感ぜずにはいられなかった。

（ホテルでお食事なんて、年に一度あるかないかくらいだよ？　そんな庶民の私が、

こんな高級ホテルでのパーティーに招かれるなんて酷だよ……行きたくない）

社交辞令的な付き合いほどわずらわしいものはない。

パーティーのことを考えると気が重くなって、執筆中の手がぴたりと止まってしまった。

（どうせあのエミリー先生なんて、キラッキラしたドレスとか着てきちゃったりするんだろうなぁ。何が『来週の謝恩パーティーでまたお会いしましょうね』だ。あぁ～、やだやだ！）

気を抜くと先日のエミリーの件を思い出して、憂鬱になる。

『泣きたかったら泣けよ。ただし、今だけだ……わかったな？』

『どんな小説でも批判する奴は必ずいる。けど、お前の連載を楽しみにしている読者はそれ以上にいるんだ。それを忘れるな』

ふと、氷室に言われた言葉を思い出す。

いつも厳しいことしか言わない氷室があの時は妙に優しくて、ドキドキ鳴り響く鼓《こ》動《どう》を抑えられなかった。

「氷室さん……」

エミリーのことが頭をよぎっては、氷室の言葉を何度も自分に言い聞かせていた。

（そういえばあの時、氷室さん……キスしてきたよね？）

泣く子を宥めるかのような優しいキスの感触を思い出すと、急に瞼に熱を感じ始めた。

（氷室さんの唇……案外柔らかくて、温かかったなぁ）

ほんわり落とされた唇の感触が、脳裏に蘇ってくる。

――おい悠里、もう泣くな。

――あ、あら？　これはまた妄想の世界？

――妄想でもなんでもいい。お前が泣いてたら……その涙を拭うのは俺の役目だ。

――あ、あなたは……いつものイケメン執事様？

――執事？　なんでもいいだろ……それより、もうひとりで勝手に泣いたりすんなよ？

――だ、だって……。

――お前が泣いていいのは、俺の腕の中にいる時だけだ……わかったか？

――は、はい。

――ふっ……いい子だ。じゃあもう一度してやる。

――あ、そんな……キ、キスされる……？


「んふふ……どわぁ！」

ぼんやりと妄想に浮かされていると、スマホの着信音がけたたましく鳴り響いて、悠里は椅子から転げ落ちそうになった。

「び、びっくりした！」

慌てて通話ボタンを押すと、いつもの無愛想《ぶあいそう》な声が聞こえた。

『お前、ちっさい部屋に住んでるんだから、ワンコールで出ろよ』

「ひ、氷室さん……？」

先ほどまで氷室似のイケメンを妄想中だったため、つい意識してしまい、声が上ずってしまった。

『ああ、さっき送ったパーティーの資料見たか？』

「はい……あの、今さらですが、やっぱり行かなきゃダメなんでしょうか？」

『はぁ？　寝言は寝て言え』

「うぅ……」

間髪《かんはつ》をいれずに冷淡な言葉が返ってきて、ガックリと肩を落とした。

（やっぱりそう言うと思った。氷室さんに限って『行きたくなかったら、今回は見送ってもいいぞ』なんて言ってくれるわけないもんね）

『今回の謝恩パーティーはお前だって無関係じゃないんだ。それに海外から著名人を何人か招待してるみたいだからな。いつもと同じパーティーだと思うなよ』

「そうやってわざとプレッシャーかけて面白がってます？」

『……さぁな』

氷室はそう言いながら、電話の向こうでクスクスと笑っている。

（もう！　意地悪っ）

先日、自分を抱きしめて慰めてくれた氷室を、一瞬でもいい人だと思ったことをかき消したい気持ちに駆られた。

「わ、私……その！　ホテルでお食事とか、そういう柄じゃないんで……。正しいマナーで振る舞えるか怪しいし……」

『ふぅん、なるほどな……お前、もしかして行儀の善し悪しを気にしてんのか？　パーティーに行きたくない本当の理由はそれか？』

「それは……」

図星を突かれては、ぐうの音《ね》も出なかった。いい歳した大人として、あまりにも恥ずかしい。

悠里はスマホを握りしめながら、真っ赤になってうつむいた。

『あはは、ゆでダコみたいになってるお前の顔が目に浮かぶな。まぁ、マナーなんて、ちゃんとカトラリーを使えれば大丈夫だ』

「か、かとらりー……ってなんですか？」

『え……？』

一瞬で凍りついた空気に、いたたまれない気持ちになる。

（……私、変な質問しちゃった？）

電話の向こうで固まっている氷室に何か言わなければと思い、あれこれ言葉を考えていると不意に低い声が聞こえた。

『明日、十九時にローザンホテルのロビーに来い。食事に付き合え』

「……えっ⁉」

『ああ、それと、いつもの恰好で来んなよ？　『パーティーと同じ恰好で来い』とは言わないが、それなりの服装で来い』

「あ、あの！　ちょっと待ってください！　なんで、そんな高級ホテルに？　な、何用でしょうか……？　食事って――」

『つべこべ言わずにいいから来い、じゃあな』

「ちょ……き、切れたし！」

氷室の電話はいつも一方的だ。彼は用件を言い終えると、すぐに切ってしまう。

悠里はため息をついて、何を言っても沈黙したままのスマホを、ただぼんやりと見つめた。


そして翌日の午前中──。

悠里はパソコンを前に、画面に映し出されたマナー講座サイトを眺めていた。

「ふむふむ、ワインは女性がお酌《しゃく》するものではなく、すべて男性に任せる……グラスは脚を持ってエレガントに……」

昨日の今日で、いきなり高級レストランに呼び出すなんてどうかしている。

氷室が呼び出したローザンホテルは、有名な五つ星ホテルで、もちろん近づいたことも入ったこともない。

その中にあるレストランで食事をするということで、早めに起きてテーブルマナーを学習していた。しかし、一日で完璧に覚えられるような内容ではなく、まるで試験間際に徹夜する学生の気分だ。

（ローザンホテルには私みたいな愚民が行けるようなレストランなんて、なかったはず……とにかく、この前、新しい洋服を買い込んでおいてよかったかも）

以前買った服を、クローゼットの中から取り出してみる。

（髪型はどうしよう、メイクは？　氷室さんには、やっぱり少しは可愛く見られたい。でも、この前メイクしたら、すっごい怒られたし、一体どうすれば……って、あぁ！　氷室さんのことは置いといて……。あ！　靴ずれしないように、あらかじめ絆創膏貼っておこう）

あれこれ考えて数時間、氷室との食事のために鏡の前で服を合わせ、やはり女の嗜《たしな》みとしてメイクの練習をすることにした。

ローザンホテルは六本木の中心に悠然と佇《たたず》んでいて、都内の高層ビルからなら必ず見える。

（はぁ、結局、準備に二時間もかかっちゃったよ……）

約束の時間ギリギリになんとか辿り着き、所々に飾ってある高そうな骨董品を眺めながら、ロビーの隅のソファに座った。すると、尻が吸い込まれるようなふかふかのソファに思わず感激してしまう。

宿泊客なのか、レセプションに並ぶ人がみんなセレブに見える。

（お、落ち着かない。場違いもいいとこだよね。……でも、今日はジーンズじゃなくてお出かけ用のワンピースだし、コンタクトだってしてきたし、一応、髪の毛もなんとかまとめてきたし、化粧だってちゃんと雑誌通り……）

いつもの人間観察をする余裕もないくらい悠里は切羽詰まっていて、緊張をどうほぐそうかと考えあぐねていた時――。

「If you have any problems, I'll help you anytime you want.（何か困ったことがあったら、いつでもお手伝いしますので）」

「OK. Thanks a lot. Well I'm looking forward to the party.（ああ、ありがとう。それではパーティーを楽しみにしています）」

聞き覚えのあるその声に顔を上げると、ダークグレーのスーツを着こなした氷室が、レセプションの前で数人の外国人を相手に会話をしているようだった。

（ス、スーツ姿……カッコいい！）

思わず言葉がこぼれてしまいそうなほど、いつもと違う雰囲気の氷室に見とれた。

そんな悠里の視線に気づいたのか、氷室が近づいてくる。

「あぁ、悪い。ちょっと遅れたな……今のは謝恩会の外国人ゲストたちだ。通訳も兼ねてバックアップしろって言われててさ」

「……そうだったんですか」

スーツ姿に思わず妄想が膨らみかけたが、ハッと正気に戻る。

「今まで打ち合わせだったんだ。さすがに疲れた……さ、行くぞ」

「え？　行くぞって……どこに？」

「いちいち説明すんのだるいから、黙ってついてこい」

氷室はそう言いながら、悠里を置いてさっさとエレベーターホールのほうへ歩いていってしまった。

「も、もう……」

わけがわからなかったが、それもいつものことだと諦めて、氷室のあとをついていくことにした。するとちょうど上に行くエレベーターがやってきて、後ろの客に押されながら、氷室と乗り込む。

（き、緊張する……！）

氷室との至近距離にドキドキ胸を高鳴らせていると、あっという間にレストランのある最上階へ辿り着いた。

（こ、ここは別世界⁉）

エレベーターから降り、連れてこられた場所は都内の景色が一望できる、展望レストランだった。フレンチ系の店でおそらく数十万、数百万するであろう絵画がウッド調の壁に所々飾ってあった。全体的に明るすぎない間接照明が、緊張を徐々にほぐしてくれる。

氷室に促されて席に着くと、悠里は純白のテーブルクロスの上に並べられた、解読不可能なワインリストに釘付けになっていた。メニューを渡されたはいいが、馴染みのない料理ばかりで額に嫌な汗を感じた。

「……ふうん」

高級感に押しつぶされそうになっている悠里とは裏腹に、氷室はいつもと全く変わらない様子で悠里をじっと見つめていた。

「な、何か……」

「お前、やっぱりメガネじゃないほうがいいな。それに渋谷で映画見た時も思ったけど、お前、案外足が綺麗だよな」

「え……?」

予想外の氷室の感想に悠里は呆然としてしまう。

(もしかして、氷室さんに褒められてる……？　やっぱりこの前は化粧が濃すぎたのがよくなかったのかな？　今日も化粧してるのに、ずいぶん反応が違うような……）

氷室の言葉を反芻《はんすう》すると、急に恥ずかしくなって、いても立ってもいられなくなる。

とにかく真っ赤な顔を早くごまかしたくて、悠里は話題を変えた。

「すみません、この店のことあまりよく知らなくて……」

「ここは世界的にも有名なシェフの店だから、味は確かだと思うぞ。『アルページュ』って、雑誌にも結構取り上げられてるだろ？」

確かに雑誌で、このレストランの記事を何度か見たことがあったが、自分には無縁の場所だと、気にもとめていなかった。その有名レストランに今、自分が来ていることが信じられない。

「雑誌では見かけたことあるんですけど、ローザンホテル自体、足を踏み入れたことがなかったので、このホテルの知識は皆無です」

（ああ、ここから逃げ出したい……！　私にはファミレスのオムライスがお似合いなのに）

そう思っていると、ウェイターが恭《うやうや》しくワインを注ぎに来た。

「あ、じ、自分でできま――」

（そうだ、ワインは自分で注ぐものじゃないんだった！　え、えっとグラスの脚を持っ

て エレガントに……)

「あ、ありがとうございます……オホホ」

挙動不審な悠里に、氷室が怪訝な顔を向けるが、気にせず注がれたワイングラスを持ち、乾杯する。

質のいいグラスの澄んだ音が耳に心地よく、ワインをゴクリと飲むと一瞬、クラッとした。あまりアルコールが得意ではない悠里の胃に、赤ワインがじわりと広がる。

しばらくすると、ウェイターが前菜のサラダを運んできた。

ガラスでできた大ぶりの皿に、こじんまりと彩られたプチトマトやフレッシュなチコリーなどが乗っている。

見ているだけで食欲がそそられ、ドレッシングを絡めたレタスを口に運ぶ。

(美味しい！　やっぱり市販のドレッシングとは、ひと味違うよね……。よ、よし、ここまではネットで調べ尽くしてきたから、完璧な流れだ……あれ?)

見ると氷室はワインの色や香りを、優雅な仕草でテイスティングしている。

ゆっくりとした氷室の動きに、悠里はワインの飲み方も知らない自分が恥ずかしくなってきた。

すると——。

「あ、そうだ。……これ、『忘我の愛』の資料として、お前が欲しいって言ってたやつ」

氷室がグラスをテーブルにおいて、鞄の中から一冊の本を取り出した。

「あ、ありがとうございます」

資料を受け取ると、それは豪華な分厚い本だった。

「わざわざすみません。重たかったですよね……」

「いい、気にするな。ああ、それから『忘我の愛』だけど、映画化はほぼ決まったと思っていいぜ」

氷室が嬉しそうにニコリと笑う。

「えっ⁉」

思わず大きな声をあげてしまい、慌てて口を塞いだ。驚いた周りの客の視線が集まり、悠里は小さくなる。

「ほ、ほんとですか？」

「まぁな、でも気を抜くなよ？　ただでさえお前、エミリーに目をつけられてるんだから」

後藤エミリーの名前を聞くと、一気にテンションが下がる。けれど、映画化されるという嬉しいニュースに、すぐに憂鬱な気分は吹き飛ばされた。

「後藤先生は、どうして私を目の敵にするんでしょうか……」

「そんなの決まってる。一気に人気が出てきたお前の実力を認めたくないだけだ。単なるガキの嫉妬《しっと》だよ。けど……そんなくだらないやっかみのせいで、才能ある作家をダメにしたくないからな」

（あの時、優しく抱きしめてくれたのは作家として……だったんだ。そうだよね）

そう思うと浮かれていた自分が恥ずかしくなった。それと同時にもの寂しさを感じる。

「氷室さん……？」

氷室をよく見ると、端麗な顔の陰に若干の疲労が窺える。『忘我の愛』の映画化企画とほかの作家との仕事で、毎日寝る間もなく働いているのだろう。

自分の小説を見込んで支えになってくれているのはわかっていたが、『私のため』と思うと、なんとも言えない感情に駆られた。

（はぁ……どうして氷室さんはこんなに素敵なのに、私は……あぁ、やめやめ！　せっかくなんだから楽しまなくちゃ）

頭を振って鬱々《うつうつ》とした気分をかき消し、ワインと一緒に運ばれてきた、細長いスティック状の物をボリボリ食べ始めた。

「おい」

「は、はい……？」

氷室が冷めた目でこちらを見据えている。

「お前、グリッシーニを知らないのか？」

「ぐ、ぐりっし……？　この棒のお菓子みたいなやつですか？」

悠里はクラッカーのような細長いスティック状の食べ物を、ひょいとつまんでまじまじと見つめた。

「ポッキーみたいにボリボリ食べんなよ。それはパンの一種でワインのつまみとして出されたものだ」

「……え？　これが？　つまみ？」

（そういえば、ワインと一緒に来てたけど……つまみだったなんて知らなかった）

「本来はイタリアン料理だが、たまにフレンチの店でも出されるんだよ。こうやって、プロシュートとかと一緒に食べるのが普通だ」

氷室が説明しながら、手馴れた仕草でそばに置いてあったプロシュートをグリッシーニに巻きつけると、悠里に差し出した。

「ほら……これが正解の食べ方だ」

「は、はぁ……」

（恥ずかしすぎる……！）

悠里は、膝の上のナプキンを、クシャクシャになるくらい握りしめて、うつむいた。

そんな悠里の姿を、氷室は目を細めて笑う。

「ふっ……知らないものは今から知っていけばいい。そういうところ……俺に隠すな」

「で、でも――」

「〝でも〟はナシ」

「はい……」

差し出されたグリッシーニを受け取ると、氷室はもう一度、小さく笑った。

氷室の笑顔を見ていると心が温まる。それは悠里の一番好きな笑顔だった。

「お前は本当に何も知らないんだな。世間知らずというか……勉強不足というか」

「うぅ……」

なんとか無事に食事を終えたが、氷室の視線が気になって、料理を味わう余裕すらなかった。

「す、すみません……お恥ずかしい限りです」

（あぁ、きっと呆れられたよね……だから嫌だったのに）

ナプキンで顔を隠すようにしていると、氷室が身を乗り出して、すっとそれを取り上げてしまう。

「わ……」

「『隠すな』って言ったろ？　誰もお前のことなんて見てない。見てるのは俺だけだ」

ドクン——。

ナプキンを取られ、何も隠す物がなくなった悠里は、赤面した顔を氷室にさらす。

「どうやら作家としてというよりも、女として育てたほうが面白そうだな」

「……え？　今、なんて？」

「いや、こっちの話だ……気にするな」

独り言のつもりが悠里に聞かれてしまい、氷室は気まずそうに視線を逸らした。

高峰悠里——。

氷室にとって、彼女はほかの女と何かが違って見えた。

見栄えよく着飾っているわけでもないのに、目が離せない。決して目を見張るような美人ではないのに……。

悠里は殻に閉じこもって、あまり自分を見せようとしない、完全なオタク女子だった。

そんな悠里に、氷室は密かに興味を持っていた。

『もっとこいつの本当の姿を引きずり出したい』

『隠されると見たくなる』

そう思う自分自身がなんだか滑稽《こっけい》に思えて、氷室はオレンジジュースをごくごくと豪快に飲んでいる悠里を眺めながら、彼女に気づかれないように笑いを何度も噛み殺した。


満腹至極でレストランを出ると、氷室は突然、時間を確認するなり会社に戻ると言いだした。

「悪いな……」

「え？　これからですか？　もう日付も変わりそうですけど……」

ここからタクシーで会社に向かったとしても、それから仕事をするとなると、かなり遅くなってしまうだろう。

「確認したい書類があるからな。お前はタクシーを呼んでやるから、それで帰れ」

「え？　い、いいです！　まだ電車で帰れる時間ですから」

聞く耳を持たない氷室は、すでにエントランスを出てタクシーを呼んでいた。待機していたタクシーがすっと目の前に来て停まり、ドアが開く。

「じゃあな、気をつけて帰れよ」

氷室はそう言いながら、タクシーの運転手に紙幣を手渡した。

「タクシー代くらい自分で――」

「いいんだって、早く乗れ」

もたつく悠里を、氷室がぐいっと後部座席に押し込もうとする。

悠里は慌てて踏みとどまり、口を開いた。

「……あ、あの、今日はありがとうございました。お祝いでもないのにごちそうしていただいて。……ひとつ聞いていいですか？ その、今日は……どうして急に私を食事に？」

ずっと気になっていた。誕生日でもないし、何かの記念日でもないのに、わざわざ呼び出してまで一緒に食事をした理由とは――。

「別に、理由なんてない。まぁ、これだけ雰囲気のあるところで慣らしておけば、今度のパーティーは余裕だろ？ しかもカジュアルな立食だしな」

「え……？」

「楽しかったよ、お前があまりに何も知らなすぎて。フィンガーボールの水であんなバチャバチャ手を洗う奴とか初めて見た」

その光景を思い出したのか、氷室はクスクスと笑いだした。

（もしかして、私のことを気遣って……食事に誘ってくれたの……？）

「そんなことといいから、早く乗れって言ってるだろ」

『もう少しだけ一緒にいたい』という気持ちが溢れ出そうになり、慌ててそれを抑えた。

「あ、あの……っ!?」

その時、『もう黙れ』と言わんばかりに、氷室は悠里の口の中に小さな何かを押し込んだ。

（これって、氷室さんのアメだ……）

そう気づくのに時間はかからなかった。

「口直しにな」

舌の上で、甘酸っぱいアメの味が広がっていく。

正体のわからない、いつもの味——。

そんな不思議なアメが、氷室と重なって連想される。

（氷室さん……）

「じゃあな、おやすみ」

今度こそ後部座席に押し込まれてシートに座ると、すかさずバタンとドアが閉まる。

そして、氷室を残してタクシーがゆっくりと動きだした。

振り返って見ると、氷室はタクシーが見えなくなるまでその場に立っていた。

徐々に小さくなっていく氷室の姿に、悠里は胸を締めつけられるように切なくなった。

（これって、恋の味……なのかな？）

宝石箱のような夜景をぼんやり眺めながら、悠里はその甘い味に酔いしれた。

第七章　ベリーベリーラズベリー

ついにこの日がやってきてしまった。

「はぁ……」

悠里は憂鬱な気持ちで、恵比寿《えびす》にあるグランドホテルに電車で向かっていた。

謝恩会の開催時刻は十七時からだ。電車を降り、どんよりとした気持ちで歩いている悠里とは逆に、今日は皮肉なほど、うららかな陽気に満ちている。

早起きをして、どの洋服を着ていこうか、髪型はどうしようかとあれこれ悩んだ。

そしてその間ずっと、氷室のことが頭から離れず、原稿に手がつかなかった。

妄想でほかの男性と話している間も、執筆中も、ついぼんやりと氷室のことを考えてしまう。

もちろんこの感情を知らないわけではない。ただ気づかないフリをしているだけだった。

(だって、私と氷室さんの関係は、単なる作家とその担当編集者……)

抑えようとすればするほど溢れ出るこの感情に、悠里は困惑していた。

（もう！　考えてもしょうがない！　やめやめ！）

そう自分に言い聞かせて重い足取りで歩いていると、いつの間にか会場であるホテルに辿り着いてしまった。

気が重くて、豪華な雰囲気のエントランスに感嘆している余裕もなかった。

謝恩会という場でなければ、妄想を膨らませて楽しめたかもしれないが……。

悠里は来場者の受付を済ませると、ホールに入る前にレストルームで鏡に映る自分の姿を眺めた。

数ヶ月ぶりに行った美容院で伸ばしっぱなしの髪を切り揃え、恋色カラーと言われて思わず買ってしまった薄いピンクのワンピースをまとっていると、いつもよりいくらか綺麗に見える。

化粧もだいぶ練習したおかげでコツをつかみ、自分に合ったメイクができるようになった。もちろんメガネではなくコンタクトだ。

（氷室さん、来てるかな……）

悠里は覚悟を決めて、もう一度リップを塗《ぬ》り直すと、ホール内へ向かった。

（す、すごい人……）

謝恩パーティーに出席したことは今までに何度かあったけど、例年に比べて今回は来客数が多い。通年なら五十人くらいだが、今回は『艶人』の創刊十周年記念ともあって、百人くらいはいるように見えた。

漫画家や作家、編集者に営業、そして書店の店長など、様々な顔ぶれが勢揃いし、場内は熱気に包まれている。

先日、氷室に『当日は忙しくて相手できるかわからない。見つけ次第、こっちから声をかける』と言われたにもかかわらず、自然と彼の姿を探してしまう。

「あ……」

人の間をかいくぐって奥のほうに行くと、すぐにでも声をかけられるほどの距離に、数人の外国人と話している氷室の姿をようやく見つけた。

しかしその横には――。

我がもの顔で氷室の腕に手を絡ませた、いかにも〝氷室の女〟気取りの後藤エミリーの姿があった。

(うう、嫌なもの見ちゃった……)

その場で硬直していると、ふとエミリーと視線がぶつかった。

「っ!?」

口元だけでクスリと笑うエミリーの顔が目に入り、慌てて引き返そうと彼女に背を向けたその時——。

「おい、待て」

鋭い声で呼び止められて、ギクリと肩が跳ねた。

背後から聞こえた低い声は、紛れもなく氷室の声だった。

悠里は逃げるのを諦め、うつむきながらおもむろに振り向いた。

すると、氷室はエミリーの腕をやんわり解いたかと思うと、急に悠里の肩を引き寄せた。

「え……？」

ふわりと香る、どことなくエキゾチックな匂いに、悠里の心拍数が上がっていく。

先日とは違うシックなスーツ姿にも目を奪われた。

「後藤先生、ちょっとユーリ先生を彼らに紹介したいんで、いいですか？」

「ええ……いいけど」

いきなり現れた邪魔者に、エミリーは不機嫌そうにあからさまに鼻を鳴らす。そして、悠里をギロリと睨むと、知り合いを見つけたようで、どこかへ行ってしまった。

（わ～なんかすごい睨まれちゃった……）

エミリーが消えた人混みのほうをぼんやり眺めていると、氷室が欧米風の男性を見ながら口を開いた。

「彼はアメリカから来た有名作家だ。滅多にないチャンスだから、挨拶くらいしとけ」

悠里は肩を抱かれたまま、わけがわからず硬直した。

「ゆ、有名作家って言われても……顔見ただけじゃわかりませんよ」

「『戦場の丘』とか『暗黒雲』とか知ってるだろ？　アンソニー・グレンだよ。ダークな作風がお前とちょっと似てる」

「ええっ⁉　ア、アンソニー・グレン⁉」

アンソニー・グレンは悠里もよく知っている、世界的に有名な作家だ。こだわり抜いて書かれた秀逸な描写は、悠里もたまに参考にするくらいだった。

その著者が自分の目の前にいると思うと、興奮して、エミリーに睨まれたことなど、どうでもよくなった。

「わ、わかりました」

すると、アンソニーがこちらに気づき、話しかけてきた。

「Hi, nice to meet you. I'm Anthony. You are Yuri, aren't you?（どうも、初めまして。アンソニーです。君はユーリだよね？）」

「え、えっと、い、いえーす」

すると、悠里が英語を話せる人間だと勘違いしたアンソニーが、遠慮なしに会話を続けてきた。

できもしない英語なんて下手にしゃべるもんじゃない、と悠里は後悔した。

「ひ、氷室さん……へるぷ、みー」

「ったく……」

すがるような目で氷室に訴えかけると、頭をぽんぽんと軽く叩かれた。

ドキン――。

ほんの些細なスキンシップが悠里の心を躍らせる。

（氷室さん……やっぱりカッコいいな）

アンソニーと流暢な英語で話している氷室をぼんやり眺めていると、こんな時でさえ頭の中にモヤがかかってくる――。


――今日のお前の服、よく似合ってる。

――え？　ほんとですか……？

――あぁ、ほんとだ。

――いつの間にかイケメン執事の口調が、氷室さん風に……。

——それはやっぱり、お前が俺のことを意識してるから……だろ？

——えっ⁉

——隠すなって。本当はお前がどんな女よりもいい女だってこと……初めからわかってた。

——そ、そんな……。

——このアメリカ人と、なんて会話してるか知りたいか？

——は、はい……。

——こいつは俺の担当作家でもあり、俺の女だって言ってるんだ。

——や、やだ、恥ずかしい！　こんなところで恋人宣言⁉


「——おい」

「はっ⁉　……へ？」

「なんだ？　その間抜けヅラは」

いつの間にかアンソニーの姿はなく、横で氷室が口をへの字に曲げて、悠里を見ていた。

「あっ、えっと……」

「ほんと、お前って肝が座ってるっていうか、ボケッとしてるっていうか……。あんな大物作家を目の前にしたら、普通は緊張するけどな」

氷室が腰に手を当てて、やれやれと首を振る。

「氷室さん……緊張してたんですか？」

「は？　この俺が緊張なんかするわけねぇだろ」

「そうですよね……あはは」

いかにも氷室らしい返答に、悠里は乾いた笑いをこぼした。

「そういえば、アンソニーさんは、私のことを知っていたみたいでしたけど……」

悠里はふと疑問に思ったことを、氷室に尋ねた。

「あぁ、俺が担当している、今注目のイチオシ作家だって話をしたからな」

そう言って氷室がニコリと笑った。

(そんな風にアンソニーさんに紹介してくれていたなんて……照れる！)

悠里は顔を赤らめながらも、氷室にお礼を言おうとした。

その時――。

「あら美岬君、まだここにいらっしゃったの？　んもう！　そうだわ、ワインはお好きかしら？」

（み、みみみ、美岬君⁉）

その声に嫌な予感がして振り向くと、再び戻ってきた不満げな様子のエミリーと目が合ってしまう。

しかし、エミリーは悠里のことなど気にもせず、氷室の前にグラスワインを差し出した。

「すみません、その……下の名前で呼ぶのやめていただけませんか？　それに今日は車なので、アルコールは遠慮してるんです」

「まぁ、それは残念だわ。ところで紹介して差し上げたい方がいるの」

ウェイターに『もう結構よ』とワインを返すと、エミリーは悠里の存在を無視して、氷室の腕を引こうとした。

「すみません。今ちょっと、ユーリ先生と話してるんで……」

「あら……」

すると、エミリーはわざと気がつかなかったフリをして悠里に目をやると、虫けらでも見るように目を細めた。

「ユーリ先生もいらっしゃったのね。どうぞごゆっくりしてらしてね」

「は、はぁ……でも、私はこれで」

悠里は苦笑いをして、その場を立ち去ろうとした。

「待てって！　どこ行くんだよ」

氷室に後ろから半ば強引にぐいっと腕をつかまれ、悠里は驚いて振り向いた。

「氷室さん……いいんです。私は私で楽しんでますから、エミリー先生のお相手をしてあげてください」

小声で言うと、氷室は一瞬困ったような顔をしたが、うつむく悠里の耳元にそっと唇を寄せた。

「帰り、送ってってやるから待ってろ。それと、その服……結構、似合ってる」

「え？」

勢いよく顔を上げた時には、氷室はすでにエミリーに引かれて、人の群れの中に消えてしまっていた。

『結構、似合ってる』——。

その言葉だけが、脳内で何度も何度も再生される。

（照れる！　恥ずかしい！　そういうことさらっと言わないでほしい……）

それなのに、氷室にはもっと自分を可愛く見せたいとも思ってしまい、矛盾する感情が入り乱れて頭の中がめちゃくちゃになりそうだった。

(『似合ってる』って言われた……氷室さんに褒められた！)

悠里はその場に立ち尽くしながら、周りの目も気にせず、頬の筋肉を緩めずにはいられなかった。

「えー、本日はお忙しい中、弊社主催の謝恩パーティーにご参加いただきまして、誠にありがとうございます。つきましては弊社の月刊小説雑誌『艶人』の十周年記念も兼ねまして——」

長々とした北村の挨拶を右から左に流し、悠里はルンルン気分で立食を楽しんでいた。

フレンチ、中華、日本食と、バラエティーに富んだ料理に胸が踊る。

(このローストビーフ、おいひぃ！)

食べることに集中していると、案外周りの目なんて気にならない。あんなにパーティーに行きたくないと駄々《だだ》をこねていたのが、馬鹿みたいに思える。

様々な料理に舌鼓を打ち、サラダを取ろうとトングに手を伸ばした時だった。

「あ……」

「すみません、よそ見をしていたもので……お先にどうぞ」

同時に伸びてきた手のもとを辿っていくと、氷室とはまた違ったタイプの美形男子がにっこり微笑んでいた。

「お、王子様っ⁉」

妄想に時々出てくるイケメン王子にあまりにもそっくりだったせいか、反射的に口から言葉が飛び出ていた。

「え？」

「はっ⁉　い、いえいえ！　すみませんっ。独り言です」

シャープな顔の輪郭は容姿の端麗さを際立たせ、少し切れ長の目はなんとも言えない色気を醸《かも》している。歳は氷室と同じか、少し年上くらいだろうか。

（恥ずかしいぃ！　何言ってんだろ……私の馬鹿）

心の声が思わず口から出てしまい、羞恥で顔が真っ赤になってしまう。

「この歳でも〝王子様〟って呼んでもらえるなんて、照れてしまいますが光栄です。よかったらサラダ、取り分けましょうか？」

「あ……は、はい」

流されるように頷くと、サラダを取り分けられているだけなのに、心拍数がどんどん上がっていく。

（今すぐ、このサラダになってしまいたい……）

サラダが上品にトングでつまみ上げられて、皿に盛られる様子を、悠里はただぼーっと眺めた。

（あぁ、ダメダメ！　私には氷室さんがいるんだから……といっても、別に付き合ってるとかそういうわけじゃないけど。でも……）

「もしかして、作家のユーリ先生ですか？」

サラダを取り分けてくれている青年はそう言いながら、悠里の顔をじっと見つめた。

「えっ？　は、はい、そうですけど。私のこと、ご存知なんですか？」

「ああ、これは失礼。僕は大海出版のコミック雑誌『夢乙女』を編集している宮森《みやもり》薫《かおる》といいます」

「ゆ、ゆめ……？」

確か『夢乙女』は月刊少女コミック誌だ。『夢乙女』はどちらかというと甘くてほっこりするテイストの恋愛もので、悠里が得意とするジャンルとは少し違う。

いかにも悠里の妄想に出てきそうな、端麗なイケメンの部署が少女漫画とは思いもよらなかった。

「ふふ、『意外』って顔してますね」

「そ、それは……あの、そ、そうですね……」

「あはは、嘘をつけないタイプなんですね。あの、今日はせっかくのパーティーですから、よかったらもっとフランクに話しませんか？」

その爽やかな笑顔と砕けた口調に、自然と肩の力が抜けてくる。

「はい……」

「よかった。じゃあ、もっとリラックスして話そう」

宮森の屈託のない笑顔を見ると、自然と緊張が解けてくる。

それも宮森流のテクニックなのだろうかと、くだらないことを考えているうちに、綺麗に盛られたサラダの皿を手渡された。

「ユーリ先生はひとり？　誰かと一緒じゃないの？」

「いいえ、いつもこういう場では、ひとりですから……」

そう言って、悠里はサラダの盛られた皿を受け取った。

「なんだ、僕と一緒なんだね。ちょっとここは人が多いから、窓際に行こうか」

「え、ええ……」

ひとりで時間を持て余していた悠里は、宮森の申し出を受け入れた。

「へぇ、じゃあ、ユーリ先生の今の担当って氷室なんだ」

『氷室なんだ』という口調から、宮森と氷室は顔見知りなのだと悟った。けれど、氷室と知り合いなのかと尋ねるタイミングを逃してしまい、なんとなく心の中にモヤが残る。

「さっきは最初、ユーリ先生だって気づかなくて。実は前に会社で見かけたことがあったんだけどね」

「えっ、そうだったんですか?」

おそらくその時は、ボサボサの髪を無理やり束ねて、メガネにジーンズにスニーカー、さらにすっぴんだったに違いない。

いつも周りの目なんて気にしていなかったが、いざ人に見られていたと思うと、恥ずかしくて真っ赤になる。今にも加奈の『ほら見なさい!』という声が聞こえてきそうだった。

「前見かけた時と今日は印象が違うっていうか……ユーリ先生ってすごく綺麗な人だなって。あ、いい意味でね」

確かに今日は、いつもとずいぶん違うと自分でも思う。『綺麗』と言われて悪い気はしなかった。

宮森がどんどん心の中に入り込もうとしてくるのがわかって、なんとなく気持ちが張りつめた。

「あの、氷室さんと知り合いなんですか？」

「え？　あぁ……まぁ」

ようやく引っかかっていたことを尋ねると、宮森は今までのにこやかスマイルを少し崩して、歯切れの悪い返事をした。

「知り合いも何も……彼は僕にとってライバルみたいなものだからね」

「ライバル？」

目を丸くしている悠里に、宮森は柔らかい笑みを向けた。

「そうそう、ユーリ先生の連載、毎月読んでるよ。ロマンチックな少女漫画担当だけど、個人的にはああいうダークな恋愛ものが好きでね。いつも感心して読んでるんだ。まぁ、こんなこと言ったら、担当してる漫画家さんたちに怒られちゃうけどね」

「あはは……」

なんとなく話の矛先を変えられて、結局、氷室とはどういう関係なのかわからずじまいだった。あからさまに話を逸らされて、ふたりの間には過去に何かあったのではないかと、うがった考えが頭をよぎった。

「けど、知ってる？　僕、前は文芸だったんだよ。『艶人』の編集だってやってたんだ」

「えっ、そうなんですか？　知らなかった……でも、それじゃあ結構前ですよね？」

悠里が『艶人』で『愛憎の果て』を連載し始めた時には、宮森はすでにいなかった。ということは、それ以前の話になる。

「そう。今の部署に異動になったのは、三年も前の話だからね……」

宮森はグラスに入ったワインを、力なく見つめている。

悠里はその横顔に、どことなく陰があるのを感じた。

「ねぇ、もし……僕がまた文芸に異動したら、ユーリ先生の担当を任せてくれないかな？」

「え？」

「あ、もちろん今は、氷室がいるから無理だけど」

「……あはは、冗談うまいですね」

宮森の視線が意外にもまっすぐすぎて、本気なのか冗談なのかわからなくなる。万が一、本気だったら困る。悠里は苦笑いしながら、話をごまかした。

「ほんと氷室が羨ましいよ。おっと、これはお世辞じゃないからね」

宮森はそう言ってウィンクしてみせた。

（な、ななな、何⁉　こんなにさりげなくウィンクする日本人、初めて見た！）

一気に体温がボッと上がって、悠里はそれを素早く冷まそうと、手元のシャンパンを浴びるように何杯もあおった。

その頃――。

「美岬君、この方ね、営業部のお偉いさんなのよ。私とも懇意にしてくださっているの。この席でぜひ彼に、私の新しい担当さんを紹介したいと思って……美岬君？」

「え？　あ、ああ」

氷室は遠くに見えた光景に目を見張った。思わず我を忘れてしまいそうになる。

（なんであいつが宮森と一緒にいる？）

隣で脂の塊のような営業部長と上機嫌にしゃべっているエミリーをよそに、氷室は予想外の光景から、視線を動かせずにいた。

（あいつの笑顔をほかの誰にも見られたくない）

ほかの男と笑顔でしゃべっている悠里の姿に、なんとも言いがたい感情が湧き起こり、氷室はそれを押し殺すことに必死だった。

今すぐ、この場を離れて悠里のもとへ行くべきか考えた。が、すぐそばにいる営業部長に、〝ユーリ〟という作家の名前を売っておくことこそ、今自分がすべき最優先事項だと、氷室は判断した。

「ああ、君は編集部の氷室君だね？　ニューヨークの出版社から来たっていう。いろいろ大変だろう？」

額に玉のような汗を光らせている部長を前に、氷室は仮面をかぶって紳士的な笑顔を振り巻く。

「はい。でも、もう数ヶ月経ちましたから。いまだに不慣れなことはありますけど」

「あのユーリ先生の担当も君がやってるっていうじゃないか。後藤先生の担当でもあるし、君は両手に花だねぇ。けど……」

エミリーがほかに気をとられている隙をついて、部長が耳打ちしてきた。

「ユーリ先生は今、右肩上がりだから、うまく伸ばしてやってくれよ。こっちも、もっと刷り部数を増やそうかと考え中だから」

「ありがとうございます。『愛憎の果て』の映画化も大成功でしたし、それに続き今連載中の『忘我の愛』も大好評なんです。必ず売れる作家なんで、今後ともよろしくお願いします」

いつまで悠里の話題をしているのかと、つまらなそうにしているエミリーを無視して、氷室は営業部長に軽く頭を下げた。

そして密かに唇を噛みしめ、目を鋭く光らせた。

「それでぇ、氷室さんはぁ〜、すっごく厳しい人なんですけどぉ」

「あはは……ユーリ先生？ ちょっと飲みすぎちゃったみたいだね」

意外にも宮森と話が弾んでしまい、悠里は気がつけば、普段あまり飲まないアルコールをかなり、飲んでいた。

謝恩会が始まってから二時間は経過している。しかし、来場者の数は始まった時とさほど変わらず、みんなそれぞれの話で盛り上がっているようだった。

「氷室さんってぇ、いつも私のこと〝ブサイク〟って言うんですよぉ〜。そんなの、そんなのわかってるっての！ だからぁ〜、すみません。ちょっとお手洗い行ってきます！」

「危ないって――」

悠里がおぼつかない足取りで椅子から立ち上がった時だった。視界がぐらっと歪んでよろけると、不意に宮森に腕を取られる。

「え……？」

気がつくと、悠里は宮森にがっちり身体を支えられていた。

「あ……わ、私」

「大丈夫？　僕がついていってあげるよ」

「い、いいです……大丈夫です」

宮森との至近距離に、さっと酔いが醒《さ》め、慌てて彼から離れようとした。

「そんなふらついた足元で大丈夫なわけないでしょ？　そうだ、今夜このホテルに部屋を取ってあるんだ。よかったら休んでいく？」

宮森の瞳の奥を見ると、何かがキラリと光って見えた。

頭の中で警鐘が鳴り響く。

（そ、それって……!?　まさか〝お持ち帰り〟ってやつ!?）

「きゃっ」

混沌《こんとん》とした頭でそんなことをぼんやり思ったその時、宮森とは別の方向から勢いよく腕を引かれた。

「ひ、氷室……さん？」

見上げると、眉間に皺を寄せた氷室が、宮森を睨みつけるように見据えていた。

「悪い、うちの作家が迷惑かけたな」

（ああ、この匂い……氷室さんの大人フレグランス……）

ついうっとりしかけて、頭の中がますます乱される。

「ふふ、やっぱり来たね。さっきからずっとこっちを気にかけてたみたいだけど、後藤先生についてなくていいのか？」

宮森は口元に小さな笑みを浮かべて、氷室を見た。

「いいも何もそんな義務はない。俺は俺で忙しい、こういう奴がいるからな。おい、行くぞ」

「は、はい……」

氷室の冷たい視線が胸に痛い。

けれど、一度醒めた酔いが再び回って、悠里は言い訳を考えることもできなかった。

「ふぅん、ずいぶんこの先生にご執心なんだね。君にしては……珍しいな」

宮森が挑発するような口調でニヤリと笑うと、それにイラ立った氷室が言った。

「知った口利いてんじゃねぇよ。お前の毒に侵されないうちに、こいつは引き取らせてもらうぞ」

氷室は宮森の幼稚な挑発に刺激される自分に動揺し、彼からふいっと視線を逸らした。

「う、うぅ……氷室さん……頭、痛い」

悠里の身体がずるずると落ちそうになるのを支えながら、氷室はもう一度宮森を見据えた。

「いいか？　二度と手を出すなよ」

氷室が念を押すように険しい顔つきで警告すると、宮森はクスクスと笑った。

「そんなことより、早く介抱してあげなよ。僕に取られないようにさ、あの時みたいに……」

「っ、お前……」

いつもならこんなくだらない挑発には乗らないはずだが、氷室はムキになって唇を噛んだ。

「じゃあね、ユーリ先生、楽しかったよ。また一緒に飲もう……今度はふたりっきりでね」

宮森は顔をしかめている氷室を一瞥《いちべつ》し、ニヤリとしながら、その場を離れていった。

ふわふわと心地よく、起きているのか眠っているのかわからない。

悠里が酔いの回った頭で意識をはっきりさせようと試みると、隣で運転している氷室の姿が目に入った。どことなく険しい横顔から、先ほどの宮森との会話が断片的に思い出される。

——『あの時みたいに』

最後に覚えているのは、宮森のそんな言葉だった。

気になりつつも、朦朧《もうろう》とした頭では何も考えることができなかった。それよりも、胃の中の物が今にも込み上げてきそうになり、悠里は不快感を覚えた。

「う……ぅ」

車が揺れるとともに、目の前を流れる夜景が崩れ、目眩《めまい》に変わっていく。

「……なんだ、起きたのか？」

氷室が横目で悠里をチラリと見た。

普段なら、初めて見る氷室の運転姿に妄想がかき立てられるところだが、今はそれどころではなかった。

「ひ、氷室……さん……あの、ぎもぢ悪い、は、吐きそう」

口元を手で押さえながら、声を振り絞って氷室に訴える。

その尋常でない様子に、氷室の表情も珍しく慌てたものになる。

「なっ……やめろ、それだけは勘弁してくれ」

「で、でも……うぅ」

「お前、死んでも我慢しろよ。ったく……調子に乗って、フルーツカクテルなんか飲むからだ」

（え……宮森さんにジュースだって言われて飲んだのって……お酒だったの？）

悠里はあまり酒を嗜むほうではなかった。カクテルとソフトドリンクの見分けさえつかない自分が情けない。

これが氷室と初めてのドライブだと思うと、切ない気持ちでいっぱいになった――。

（あぁ……ほんと、私って最悪……）

しばらくして連れてこられた先は、紛れもなく氷室のマンションだった。

最悪というのは、ここに連れてこられたことではない。氷室のプライベートな領域に入り込めたというのに、情けなくもトイレの便器に顔を突っ込んでいることだ。

「……頭痛い」

吐き気はなんとか収まったものの、今度はまるで鈍器で殴られたかのような頭痛に襲われた。

けれど、先ほどよりはアルコールがだいぶ身体から抜けて、朦朧としていた意識も今はしっかりしている。

氷室の部屋にはあまり物がなく、シンプルだった。テレビや冷蔵庫、電子レンジといった必要最低限の家電、白い壁に映えるような黒いソファベッドにガラス天板のローテーブルが置かれている。

3LDKの立派な部屋だったが、ひとり暮らしでは、スペースを持て余しているように見えた。

なんとなくまだふらついた足取りでリビングに戻ると、大きな窓の向こうに綺麗な夜景が広がっていた。

「わぁ……」

この眺望を生かすためか、室内は間接照明のぼんやりした明かりのみで薄暗い。

「何か飲むか？　酒以外で」

キッチンにいた氷室が声をかけてきた。

「す、すみません。ご迷惑をおかけしました……」

面目なくて縮こまっていると、目の前にほんわりと温かい湯気を立てたティーカップをすっと渡された。

「ありがとうございます……」

とてもいい香りのするハーブティーだった。ひと口飲むと、ミントの清涼感が口の中にじんわり広がっていく。

(うぅ……なんだか氷室さんの表情が険しい)

氷室は悠里に目もくれず、思いつめた表情で窓際に行き、眼下に広がる夜景を見下ろしている。

悠里はソファの前で突っ立ったまま、氷室の背中に声をかけた。

「あ、あの……今日はすみませんでした。ほんとに、とんだご迷惑を――」

「お前、あの男と何話してた?」

氷室がようやく悠里に向き直ったかと思うと、その表情は固く冷たかった。

「え……?」

〝あの男〟――。

それはおそらく宮森のことだろう。その口調から、氷室は宮森のことを快く思っていないように感じた。これ以上、氷室の機嫌を損ねてはいけないと思い、頭の中で言葉をあれこれ考えた。

「えっと……」

「ふっ……男をたらし込むテクニックなんて、お前、どこで覚えてきたんだ?」

「た、たらし込む!? 宮森さんとは初めて会ったんですよ? そんなことするわけないじゃ――」

氷室の鋭利な視線に、思わず言葉が途切れてしまった。

「氷室……さん？」

名前を呼ぶも返事はない。氷室のその瞳は紛れもなく憤りに満ちていた。

「ふぅん、初めて会った……ね。初めて会う男の前で、何も考えなしに酔っ払うのか？」

「そ、それは……」

いきなり痛いところを突かれ、悠里は二の句が継げなくなってしまった。

氷室が感情的になっているのを初めて見たせいか、緊張で手のひらがじっとりと汗ばんできた。

「とにかく、金輪際あの男には関わるな」

「ど、どうしてですか……？　そんな悪い人には見えなかったんですけど」

「それはお前が何もわかってないからだろ！」

氷室は冷たく言い放ったかと思えば、声を荒らげて、悠里の腕をつかんだ。

「今後、俺の目の前で宮森の話はするな、気分が悪くなる。あんな男と話してるお前を見てると、もっと胸クソ悪い」

「ひ、ひどい……宮森さんは、氷室さんのことを『ライバルみたいなものだ』って言ってただけです」

「はっ……ライバル……ね」

氷室は自嘲《じちょう》ぎみに鼻で笑いながら前髪をかき上げた。

「三年ほど前に大海出版の文芸にいたって、『艶人』の編集もやってたって……ただそんな話を――っ⁉」

短く息を呑んだ次の瞬間、悠里の視界がぐるりと反転した。

「痛っ……」

目を開けると氷室の向こうに天井が見える。気がつけば、後ろにあったソファに押し倒され、手首をがっしりとつかまれていた。

「っ……な、何するんですか⁉」

「俺の前で宮森の話をするなって言ってるのが、わからないのかよ⁉」

初めて聞く氷室の怒声に身体がびくりと震える。不自然なほど宮森に反応する氷室を訝しげに思いながら、悠里はギリギリと手首に食い込んでくる痛みに耐えていた。

間近で自分を見下ろす氷室の瞳は、ぞっとするほど冷たい。

身をよじって抵抗しても、両手首をつかまれて動けない。

「ふっ、なんなんだよ、その怯《おび》えた顔。俺が怖いか……？　あいつの前ではへらへら笑ってたくせにな」

「なっ……」

「あの男はお前を食いものにしようとしてたんだぞ？　人のものをいつも横からかっさらうような真似しやがって」

（人のものをかっさらう……？）

怒りに囚われた氷室は、完全に理性を失っていた。

（そんなに宮森さんって、氷室さんにとって厄介な人なの？）

「私を食いものって、そんなゲテモノ食いには見えなかったんですけど、それに私はいつから、氷室さんのものになったんですか？　宮森さんならもっと――」

「馬鹿、お前は男を何もわかってない」

「ば、馬鹿って……？　な、なんのこと――んんぅ!?」

刹那。目の前が真っ暗になったかと思うと、唇に温かな感触がした。

氷室がいつもつけている、オーシャンブルーのフレグランスの香りがふわりと鼻腔をくすぐり、悠里は目を見開いたまま呆然とする。

悠里は信じがたい現状に朦朧とする。

「ん……」

時が止まったような感覚の中で、氷室の唇の感触にとろけそうになり、全身の力が抜けていく。

すると無遠慮に悠里の口を割って入ってきた熱い塊が、口腔を撫で始めた。

「っ⁉」

氷室の舌が悠里の舌にゆっくり絡みつくと、彼女は自然と官能を刺激されていく。

(この温もりにいつまでも触れていたい……氷室さんの背中に腕を回したい)

そんな衝動に駆られてしまいそうになったその時——。

(あれ……？　この味)

悠里の味覚がほんのり甘さを捉え、それが氷室の舌から伝わってきたものだと気づいた。

そしてそれは、いつも突然口の中に放り込まれる、あのアメの味だった。

口腔をかき乱していた氷室の舌は、次に唇の端を這《は》い、首筋を伝って乱れかかった胸元へと移動していく。

火傷《やけど》しそうな吐息が肌にかかると、ゾクリと身体が震えた。

「ひ……むろ、さん……やめて」

やっとの思いで搾り出したその声は掠《かす》れていた。

名前を呼ぶと、氷室は小さく息を呑んで弾けるように身体を離した。

彼の瞳は見開かれている。

悠里は、とろけ切ってしまった自分が恥ずかしくなる。

「……悪い」

「え……？」

「こんなこと……するはずじゃなかった」

氷室は切なげに眉を寄せて、唇を噛んでいる。そしてソファに座り直すと、額を手のひらで抑えるようにしてうなだれた。

「今日の俺はどうかしてる。怒鳴ったりしてすまない……」

「あ、あの……」

「今夜はもう遅い、泊まっていけ。突き当たりがゲストルームだから好きに使っていい」

それだけ言うと、氷室はこれ以上言葉をかけられるのを避けるかのように、リビングを出ていってしまった。

妙な静寂が広がり、ひとり残された悠里はゲストルームに向かう気力もなく、そのままソファに横になった。

『こんなこと……するはずじゃなかった』

そう言われた時、悠里の心の中でガラスが割れるような音がした。

「はぁ……」

(あのキスの意味は、一体なんだったのかな?)

自分の小説でキスシーンの描写は慣れているはずなのに、いざ自分の身に降りかかると困惑してしまう。

数は少ないが、男性と過去に何度か付き合ったことはある。

けれど、本気と言うにはイマイチ熱が弱すぎた。もしかしたら、自分は恋愛に淡白なのではないかとすら思ってしまう。

悠里は天井で停止しているシーリングファンを、ぼんやりと眺めながら考えていた。

(馬鹿みたいだ……私)

キスされたことが素直に嬉しくて、その熱がもっと欲しくて抵抗することを忘れた。

けれど、氷室の口から出たのは、まるで後悔しているかのような言葉だった。

氷室との温度差の違いに、どうしようもなく傷ついている自分が惨めで、目尻からひと雫《しずく》の涙がこぼれた。

(もう考えるのはやめよう……)

手の甲で涙をぐいっと拭うと、一日の疲れがどっと押し寄せてきて、ゆっくりと瞼を閉じた――。

頭の中が真っ白で、ふわふわ浮いている感じがする。

瞼の向こう側が明るくて温かい。もう朝になってしまったのだろうか。

そう認識できるのに、身体は鉛のように重たかった。そして、遠くで都会の喧騒が聞こえる。

昨夜は全く夢を見ることができなかった。それだけ泥のように眠ってしまったのだと思う。

悠里はゆっくり浮上してくる意識とともに目を開けた。

「ん……」

見慣れない天井、見慣れない部屋――。

（ここは、どこ……？）

悠里はガバリと飛び起きた。

「氷室さん……？」

人気《ひとけ》のない部屋にひとり。自分の置かれている現状を把握するため、頭をフルに回転させる。

(昨日のパーティーで酔いつぶれて、氷室さんにマンションに連れてこられて、それから――)

「っ……」

昨夜はまだ酔いが若干残っていたせいか、考えたくても頭が働かなかった。けれど、昨夜、起こったことが今ようやく鮮明に思い出されて、悠里は羞恥でおかしくなりそうだった。

(そうだ、私……氷室さんと、キ、キス……した)

キスくらいでドキドキしていること自体恥ずかしかったが、意外にも氷室の唇の柔らかくて温かな感触に、速まる鼓動を抑えられなかった。

「あ……」

なんとなく目元が腫《は》れぼったい気がして触れてみると、涙の乾いた跡があった。

すると、じわじわと昨夜の氷室の言葉と、悲痛な面持ちが脳裏に蘇った。

(そうか、だから自分は泣いていたのか……浮かれてる場合じゃなかった)

思い出した現実は決して甘いものではなく、胸が締めつけられるような切ないものだった。

その時、悠里が身を起こすと何かがずり落ちた。

「布団……？」

ここで寝てしまった自分を見かねて、氷室が布団をかけてくれたのだろうか。

テーブルの上を見ると、『先に出る。テーブルの上にある物を適当に食べてくれ』とだけ書かれたメモが残されていた。

（今日は平日だった……そっか、氷室さんは普通に仕事だよね）

平日も休日も大差ない悠里は、時に曜日の感覚を忘れてしまう。

テーブルの上に目を向けると、ラズベリーの入ったガラスボウルが目に入った。

熟れたラズベリーは水を弾いていて、見た目も瑞々《みずみず》しい。

（氷室さん、朝からご飯に味噌汁って感じじゃないもんなぁ……）

悠里はそのラズベリーをひとつつまんで、口へ投げ込んだ。

「美味しい……」

甘酸っぱいラズベリーの果汁が口に広がると同時に、氷室にいつものアメを放り込まれるシーンが脳裏に蘇る。

（もしかして……氷室さんのアメの味って……）

今までずっと謎だった答えにようやく辿り着いた。

「……ラズベリーだったんだ」

氷室のアメがキスの味に繋がり、キスの味がラズベリーに繋がった。

そして悠里の中で、ラズベリーの味が恋の味に変わる――。

（こんな恋……いっそ気づかなければよかった……）

第八章　思惑の罠《わな》

謝恩会から数日経った、ある夜の歌舞伎町で――。

「ほら、チェックメイトよ」

「ぐ……」

ナオママ相手にチェスで負けたことはなかった氷室が、今夜はあっさりキングを取られてしまった。

「ふん……」

氷室はふてくされたように煙草に火をつけ、ため息とともに煙を細く吐き出した。

今日、正式に悠里の『忘我の愛』の書籍化と映画化が同時に決定した。

その連絡を入れた時の悠里の態度はどこかよそよそしく、ほんの数分の電話が途方もない時間に感じられた。

公私混同は厳禁――。

それが氷室の仕事をするうえでのモットーだった。

けれど、こうして煙草を燻《くゆ》らせていると、自然と悠里のことを考えてしまうのだった。

「美岬、さっきからぼーっとして、なんかおかしいわよ？　仕事うまくいってないとか？」

今日は平日ということもあって、客が少なく、店内は静かだった。

ナオママも普段は忙しく店内を走り回っているが、今は氷室と奥のテーブル席でチェスを興じながら、酒を一緒に酌《く》み交わしていた。

「別に。仕事はいつも順調」

「じゃあ、どうしてため息ばっかりついてるのよ」

そう指摘されると、氷室はもう一度大きなため息をついた。

「あぁん！　なんなのよ、辛気臭い！　はっきり言えば――」

「なぁ、好きでもない男にいきなりキスされたらどう思う？」

「……な、なんだって？」

氷室の唐突な言葉がナオママの動きを完全に止めると、氷室はハッとして言った。

「あ、い、いや……やっぱりなんでもない」

頭で考えていたことがぽつりと口に出てしまい、氷室は慌てて口を噤んだ。

「ははぁん。わかったわよぉ～、恋のお悩みね」

ナオママはジョリジョリした顎をさすりながら、舌舐めずりする。

「なっ、そ、そんなんじゃねぇよ」

氷室は迂闊《うかつ》に発した言葉を今さら激しく後悔した。

「恋のお相手は、もしかしてユーリ先生じゃないの？」

「はぁ⁉　な、なんであいつが――」

突然、図星を突かれ、氷室は柄にもなくうろたえて腰を浮かせた。

「ちょっと、みんな見てるわよ」

店内の客の視線を一気に集めてしまい、咳払いをしながらソファに座り直した。

「違うなんて言わせないわよ。女の勘ってやつ」

「お前、男だろ」

「あぁん、もう！　それは言っちゃダメ」

ナオママは巨体をくねくねさせながら、氷室の話に耳を傾ける。

「あいつと俺は作家と編集者だ。それ以外の何ものでもない」

「でも、キスしちゃったのね？」

「ぶっ！」

またも言い当てられて、氷室は飲んでいたラズベリージンをナオママの顔めがけて、勢いよく噴き出した。

けれど、ナオママは何事もなかったかのように平然とおしぼりで顔を拭いている。

「お前、顔に噴かれても動じないなんて、神経図太いな……」

「今さらよぉ、美岬の噴いた物なら、いくらだって浴びちゃうんだから！　そんなことより、〝好きでもない男〟っていうのは美岬のことなの？」

「……別に、俺が勝手に感情任せに暴走しただけだ」

「どうして？　美岬が理性失うなんて珍しいわね……あら、美味しい」

ナオママは美岬のために出した、新鮮なラズベリーをつまんで、口の中へ放ると満足そうに微笑んだ。

「先日のパーティーで宮森に会った。お前、確か知ってたよな？」

「ええ。何度か漫画家さんと一緒にこの店に来たことあるわよ？　その時にちょっと話しただけだけど……あの男、いけ好かなくて嫌いだわぁ。全然可愛くないんだもの」

ナオママは宮森のことを思い出したのか、不快そうに唇を尖らせた。

「女連れで来るような店じゃないだろ……ここ」

『夢乙女』の漫画家は、女性ばかりだ。

「あら、失礼ね。老若男女問わずウェルカムよ」

氷室は自分のことを人に話すのはあまり得意ではなかったが、この鬱積したものをどこかでぶつけなければどうにかなりそうだった。

「俺は弱いな……」

ニューヨークにいた頃は、仕事をそつなくこなし、編集部の中ではデキる男の部類に属していた。今でもそうだと思いたいが日本に帰国してから、自分の中の歯車がずれ始めているのを感じていた。

まさに悠里と出会ってから——。

「美岬は強くもないけど、弱くもないわ。それは私が一番よく知ってる。でもね、完璧な男ほどクソつまんないものはないわよ」

ナオママはそう言うと、ケラケラ笑いながら豪快にビールを飲み干した。

「それで？　どうして暴走しちゃったわけ？」

ナオママは、ラズベリーを口に運びながら問いかけた。

氷室は短くなった煙草を灰皿に押しつけて、返す言葉をしばらく考える。

「あいつが宮森と接触しただけで、頭に血が上った。絶対に会わせたくない奴だったからな。けど……あの女は全然わかってない。まぁ……冷静に考えたら、ただ宮森に取られるのが嫌だっただけかもな。あいつは、あくまでも俺の作家だ」

「あぁん、エゴイストね。そういうのゾクゾクしちゃうわ」

「茶化すな」

そうは言いつつも、今までナオママの明るい性格には何度も助けられてきた。

氷室は唇を歪めてやんわり笑うと、グラスの中に残ったラズベリージンを、もてあそぶようにグラスの中で揺らした。

「それで、その美岬の独占欲は何に向けられているの？　作家としてのユーリ？　それとも女としての悠里？」

「え……？」

ナオママに言われるまで、そんなことは考えもしなかった。

いや、悠里を女として見始めている自分を否定し、あえて考えないようにしていた。

けれどナオママに心の中を探られてしまい、男として情けなくなってくる。

「まぁ、言わなくても私にはわかるけどね。だって、今の美岬は恋するオ・ト・コって感じじゃなぁい。あははは！」

人差し指で〝オ・ト・コ〟と刻みながら、ナオママは茶化すようにゲラゲラと笑った。

「なっ……」

恋する男——冗談じゃない。

公私混同は、氷室が最も嫌悪することであり、心の乱れそのものだった。そんな感情が自分の中にあると指摘されただけで、氷室は動揺してしまう。

「馬鹿言うな」

氷室は新しく煙草を口にくわえ、焦りかけた気持ちを落ち着かせた。

「そんなはずないだろ。あいつにはいい仕事をしてもらいたいと思ってる。恋愛感情は邪魔になるだけだ」

悠里は今やベストセラーを生み出す貴重な存在だ。私的な感情でつぶしたくない。

それなのに、なぜかあの時、キスどころか抱いてしまいそうになった。

どうしてそんな感情にかき立てられたのか、氷室にはわからなかった。

「けど、あいつ……泣いてたな」

「え?」

「朝、ソファの上で熟睡してるあいつの目元に、涙の跡があった」

頭の中に鮮明に蘇ってくる。あの日の悠里の顔——。

あの夜の翌朝、悠里をリビングで見つけた氷室は、抱き抱えてゲストルームに連れていくべきか考えた。しかし、起こしてしまうかもしれないと思い、そのまま布団だけかけてやった。

悠里の寝顔を覗き込むと、涙が伝った跡が目に入った。

氷室は罪悪感でいたたまれなくなり、悠里を起こすことなく会社に出社したのだった。

(逃げるような真似をして最低だ)

その日は一日中仕事に追われていたが、ふとした瞬間に、悠里のことを思い出しては鬱々とした気分になった。

「あいつ、好きな男とじゃなきゃ、キスしたくないって前に言ってたんだ。それを俺が無理やり奪ったもんだから、泣いてたんだな、きっと」

「えぇ!? 私なら美岬みたいなイケメンに強引にキスされちゃったら、もうイキまくりだけど? いいじゃない強引なキス！ 憧れるわぁ～」

両手を頬にあてがってブリブリと身体を揺らすナオママに、氷室は「はぁ」とため息をついた。

「ねぇ、ちょっとマリナちゃん。あれ、持ってきてくれない？」

ナオママがポニーテールの店員に声をかけると、その店員がテーブルの上にケーキを持ってきた。それは、前にナオママが氷室のために作ったのと同じで、瑞々しいラズベリーがピンクのクリームの上にちょこんと乗っかったケーキだった。

「ほら、みーくんの好きなフランボワーズケーキよ。これでも食べて元気出しなさい！」

「おい、ガキの頃のあだ名で呼ぶなよ……」

ラズベリーの果汁が練り込まれたクリームに、フレッシュラズベリーが挟み込まれたふわふわのスポンジ。呼ばれ方は不本意だったが、氷室はこのケーキが結構好きだった。

ケーキをフォークですくって口に運ぶと、甘い味が口内に広がり、氷室はほんのひと時でも気持ちが和らいでいくのを感じた。


初夏も過ぎ、八月の太陽がジリジリと照りつける日の午後——。

身動きしなくてもじっとりと汗ばむ熱気に、悠里はひとり、家の中でバテていた。

「あぢー、ダメだ。全然集中できない。エアコンつけよ……あ」

不意に、エアコンが故障していたのを思い出した。

「あ～もう」

ガクリとうなだれて、仕方なくそのまま生ぬるいフローリングに転がる。

連載小説『忘我の愛』も佳境に入ってきたところで、クライマックスをどう描くか行きづまっていた。

パンクしそうな頭の中で、時折思い出されるのは、あの夜の氷室とのキス――。

「だぁ！　もう！　いつものカフェに行こう」

筆が止まってしまった時は、大海出版近くの行きつけのカフェで執筆することにしている。そこにいると、なぜか落ち着いて原稿が進むのだった。場所は少し遠いが、往復の時間を差し引いてもそこに行ったほうが仕事がはかどる。

それに、アンティークの雑貨が飾られたクラシックな雰囲気の中で、その店の酸味のあるコーヒーを飲みたくなった。

（氷室さん、今頃何してるかな……って、仕事に決まってるよね）

何をしていても、自然と氷室のことを考えてしまう。

あれから数週間が経ったが、互いに何事もなかったかのように接していた。

あの夜のことはもう忘れてしまったのだろうか。それともあえて思い出さないようにしているのか。いずれにしろ、自分の気持ちには応えてはくれないだろうと、悠里は何度溢れだしそうな氷室への気持ちを抑えたか、わからなかった。

最近は家にこもって原稿に追われていたせいで、コンビニに行く以外、外に出る機会がなかった。

外に出ると日差しがジリジリと照りつけていたが、青い絵の具を塗り広げたような青空に清々しさを覚えた。

いつものカフェには数人の客がいた。

あまり人が多いと集中できないと思っていたが、これくらいならさほど支障はなさそうだ。

案内された席に着くと、アイスコーヒーを注文してパソコンの電源を入れる。すると、隣に若いカップルが座っているのが目に入った。

学生カップルだろうか、見た感じが初々しい。

横目でチラリと覗き見てみる。

「ほら、クリームついてるぞ」

「え？　やだ、どこ？」

「ほら、ここだよ。拭いてやるからじっとしてろよ」

「やだぁ〜、もうー」

『クリームついてるぞ』

その言葉に悠里の妄想スイッチが勢いよく入る。

――悠里、お前はいくつになってもガキみたいだな。

――え……？

――ほら、ケーキのクリームが唇についてる。

――く、唇に……!?

――俺が拭いてやるからじっとしてろ。フランボワーズケーキ食べるたびに、お前のことを思い出すな……ふふ。

――あ、そんな舐めるように唇を……。


「――さ……ま？　お客様……お客様？」

「……は、はいっ!?」

アイスコーヒーを運んできたウェイターの声で、悠里は現実に引き戻された。何度声をかけても反応しない悠里を、訝しげに見つめている。

「す、す、すみません！」

そして、テーブルにさりげなく置かれたミルクから、先ほどのクリームを連想してしまい、ひとりで赤くなってうつむいた。

（あぁ、ダメだ、ダメだ！　何しにここに来たんだか、集中、集中、集中……）

最近の妄想にはいつもの執事ではなく、氷室をモデルにしたようなイケメンが現れる。

悠里は邪念を振り払い、頭をブンブン振るとパソコンに向かった。

『忘我の愛』のクライマックスは、三角関係のもつれだった。

大正末期の伯爵家に仕えた女中が、若き伯爵家当主と身分違いの恋に落ちるのだが、それを妬《ねた》んだ伯爵の弟が、あの手この手でふたりを引き裂こうとする――。

（やっぱりこっちにしてよかった……」

当初のプロットでは駆け落ちする内容だったが、氷室の提案でそれはやめて、ふたりに横槍的な存在を入れることにしたのだ。

確かに、駆け落ちというシナリオはなんとなくベタな気がする。

（身分差はもちろん、身近な人間の妨害という障害を、このふたりがどう乗り越えていくか、見ものだな……。障害のある恋愛のほうが、読者の心により響く。障害のある恋愛……氷室さんも、過去にそんな恋をしたことがあるのかな……？）

悠里は氷室の過去の恋愛について考えると、ぼんやり頬杖をついた。

（あぁ！　もうこんなこと考えててもしょうがない！　集中しよう）

悠里がそう割り切って、原稿に視線を戻した時――。

「あ、あの……もしかして、ユーリ先生ですか？」

「え……？」

不意に声をかけられて顔を上げると、学生のような身なりの、小柄な女性がもじもじしながら立っていた。

「もし、人違いだったらすみません。その……私の大好きな作家さんに似てたもので」

「い、いえ……ユーリです」

はにかみながら答えると、その女性はパァッと目を輝かせて、満面の笑みを浮かべた。

「ほんとですか⁉　わ、私！　ユーリ先生の大、大、大ファンで、デビュー作からずっと読んでるんです！」

（あ……この子、私にそっくりだ）

その女性を見た瞬間、かつての自分の姿と重なった。

学生の頃、憧れていた作家を本屋で偶然見かけて、恥ずかしさをかなぐり捨てて声をかけた。自分から見知らぬ人に声をかけるなどあり得ないことだったが、自分のことをファンだというこの女性と同じように、とにかくあの時は必死だったのだ。

「ありがとう。読んでくれて……嬉しいです」

そう言ってその女性に微笑みかけると、彼女はさらに興奮したように言葉を並べてきた。

「ずっと前、サイン会に参加させていただいたんです。顔を覚えてたからユーリ先生かなって思ったんですけど、ああ、思い切って声かけてよかった！　もしかしてお仕事中でした？　すみません」

『愛憎の果て』から読んでくれている貴重な読者だと思うと、悠里もつられて笑顔になる。

「いえいえ。ありがとうございます。こちらこそ、これからもよろしくお願いします」

「は、はい！　あの、サインください」

数年前の自分と全く同じ行動に、口元が思わずほころんでしまった。

（実際、こうして自分のファンだって言ってくれるとすごく嬉しい……！　めったにサイン会なんてしないのに、覚えててくれた読者さんがいるんだ……頑張らなきゃ！）

『どんな小説でも批判する奴は必ずいる。けど、お前の連載を楽しみにしている読者はそれ以上にいるんだ。それを忘れるな』

エミリーに見せられたアンケートで落ち込んだあの日、氷室に言われた言葉を思い出した。

　今まで何度もこの言葉に助けられ、勇気づけられてきた。仕事には厳しいが、陰で支えになってくれている氷室を、頼もしく思えば思うほど、切ない想いが膨れ上がる。

　昔は自分の作品を気に入ってくれて、サインを求めてくるファンにさえ戸惑っていた。

　それどころか、コンプレックスの塊だった悠里はいつも下を向いていた。けれど、氷室の言葉ひとつひとつが悠里に自信を与えてくれた。

　そして、あってはならないことだと頭の中ではわかっていたはずなのに、いつの間にか氷室の存在が心の中で大きくなり、女として彼に惹かれていた。

（いっそのこと、ただ厳しいだけの嫌な編集者だったらよかったのに……。そうすれば、こんな報われない気持ちに気づくこともなかった）

　そんなやるせない想いに、ため息をついた時だった。

「北村さんとお茶するなんて、久しぶりね」

「ええ、そうですね」

　入口のほうから聞き覚えのある声がして、悠里はそちらにハッと目を向けた。

（あれは、北村編集長と化粧オバケ作家、エミリー!?　どうしてここに……）

反射的にメニュー表で顔を隠して、ふたりが席に着くまで息を潜めてやり過ごす。

エミリーは終始笑顔でご機嫌のようだ。

北村とエミリーは悠里の席より少し離れた所に座った。

断片的にしか聞き取れない会話が余計に気になり、後ろめたさを感じつつも、パーテーションを隔てた隣の席に、身を低くしながらこっそり移動した。そして、パーテーションの隙間から、ふたりの様子をこっそり窺う。

「ここのコーヒー、実はあんまり私の好みじゃないの。でも、大海出版の近くのカフェっていったらここしかないものねぇ」

「ええ。すみません……もっと別の場所がよかったですか？」

「いいんですのよ。急にお呼び立てしてしまったのはこちらですし、北村編集長もお忙しいんでしょ？　用件だけ済ませたら帰りますね、原稿もありますので……。けれど、編集長さんもお変わりないですね」

北村を呼び出したのはエミリーのほうだった。それなのに場所について文句を言うなんて、相変わらず自己中心的な女だと、悠里は顔をしかめた。

「それで、お話ってなんですか？」

北村がホットコーヒーを啜りながら、もったいぶっているエミリーに言った。

エミリーはこんな暑苦しい日でさえも、鼻をつくような香水をつけている。髪の毛を振り払う仕草をするたびに、漂ってくる匂いに吐き気がした。

「単刀直入に言わせていただくと、氷室さんをユーリ先生の担当から外してほしいの」

（え……？　今、なんて……？）

悠里は頭を殴られたかのような衝撃を受け、思わず持っているグラスを落としそうになった。

（どういうこと……？）

「後藤先生、それはどういう意味ですか？」

悠里の言葉を代弁するように北村がエミリーに尋ねると、彼女は気の毒そうに睫毛を下げた。

「最近の氷室さん、なんだか心ここにあらずといった感じで……お仕事に集中できてないんじゃないかしら？」

「……というと？」

「原稿の修正にミスがあったり、締切日を間違えたり……私、心配で」

エミリーはわざとらしく眉尻を下げ、演技じみた表情を浮かべた。

「まさか、氷室に限って、そんな凡ミスをするはずがない」

北村は顎に手を当てて首をかしげた。

エミリーは小さくため息をつくと、アイスコーヒーをストローでゆっくりかき混ぜながら言った。

「この前ね、氷室さん、ユーリ先生の原稿を見ながら頭を抱え込んで、何か思い悩んでいるみたいだったのよ。私はユーリ先生の作品はそれなりに素晴らしいと思うわ。けど……もしかしたら、ユーリ先生ご本人と何かあるのかもしれないって。私の考えすぎかもしれませんけど……」

（氷室さんが……？　私の原稿を見ながら頭を抱え込んでる？）

氷室とは、キスをしてからたまにぎこちなさを感じることはあったが、仕事上ではうまくいっていると思っていた。

けれど、自分の知らないところで何か悩ませているのだとしたら、何も気づけなかった自分にイラ立ちを覚える。

「氷室さんって、普段はとってもお仕事がデキる方なの、私もよく知ってるわ。だから、まさかと思うのだけれど、編集者と作家である前に何か特別な関係が……って考えてしまって……。でも、私はそういう一時《いっとき》の感情で彼にダメになってほしくないの。私の担当さんでもあるのよ？　こちらに支障が出ないとは限らないでしょ？」

心配で心配でたまらないといった気持ちを、エミリーはダイレクトにぶつけて、北村に相槌を求める。

「……そうですか、なるほどね」

北村はコーヒーに口をつけると、少し考え込んでいた。

「私、本気で心配してるのよ？」

なかなか自分に賛同しない北村に、エミリーは焦《じ》れったさを感じて顔を曇らせた。

しかし北村はエミリーのご機嫌をとることはせず、自分の率直な意見を口にした。

「けど、後藤先生がご心配なさることではないのでは？　作家と編集者である前に何があるかわかりませんが、それは双方の問題であって――」

「だから、私までとばっちりを受けるのはごめんだって言ってるのよ。なんなら氷室さんを私の専属編集者にしてほしいわ」

「ちょ、ちょっと待ってください、後藤先生……」

痺れを切らせたエミリーの言葉に、北村は閉口せざるを得なかった。

悠里はその会話を聞きながら、氷が溶けて二層になったアイスコーヒーのグラスを、瞬きもせず見つめたまま動けないでいた。

「そろそろ『艶人』の連載も終わりでしょ？　中途半端なタイミングだと氷室さんが

納得しないでしょうから、ユーリ先生が今の連載を終わって、また次の新作を執筆なさる時に、別の担当をつけるのはどうかしら？」

「うぅん。まぁ……ただでさえあいつは抱えてる作家が多いもんなぁ……。けど、うちの部も人手がなくて」

するとエミリーは『待ってました』と言わんばかりに手を叩いて笑顔になった。

「ご心配なさらないで。『夢乙女』編集部の宮森さんが近々文芸に異動願いを出すって言ってましたから。宮森 薫さんのことは、北村さんもご存知よね？」

「え？　宮森が？　知ってるも何も、彼は以前うちの部にいた男です。あいつはどんな仕事でもオールマイティーにこなせるから、もし異動してくるなら、うちも助かります」

まんざらでもなさそうな北村に、悠里は嫌な焦りを感じた。

連載が終わったタイミングで編集担当も変わることがある。

氷室が自分の担当でなくなるなんて、今まで考えもしなかった。

（そんなの！　ダメ、絶対……。氷室さんとだからこそ、いい作品にできるって思ってるのに！　私には氷室さんしかいないのに……！）

これ以上ふたりの会話を聞きたくなくて、悠里は原稿を書き進めることもなく、逃げるようにカフェをあとにした。

とあるホテルの客室――。

薄暗い部屋に差し込む夜景の明かりが、ベッドの上の白い男女の裸体を浮かび上がらせている。

荒い息遣いが整えられると、女は男の胸に蛇のように舌を這わせ、にんまり笑った。

「薫、あなたも罪作りな男ね……」

「ふふ、あなたに言われたくありませんけど？　エミリー先生」

先ほどの情事の名残を惜しむかのように、エミリーは宮森に深く口づけた。

「……僕の身体はいくらでもどうぞ。でも勘違いしないでくださいよ？　心まではあげませんからね」

「つれないのねぇ……でも、いいわ。あなたの身体はいつ見ても飽きないし。私……あなたの言う通りに北村さんにお話したのよ？　だから、もっとご褒美《ほうび》くれてもいいじゃない」

エミリーは宮森の胸に頬を押しつけて、おねだりをした。

「そうだわ、今の連載が終わったら、すぐに新作を書こうと思っているんだけど、これだっていうものがイマイチ思い浮かばなくて困ってるのよ。何かいいアイデアない？　あぁ、当然売れる話じゃなきゃダメよ？」

「……そうだね。僕が言ったことをそのまま北村さんに伝えてくれたみたいだから、いいですよ。僕が考えたアイデアで売れなかったものはないしね。それで、次回の新作はどんな話なんですか？」

そう言いながら、宮森はエミリーを抱き寄せた。

エミリーは身体をくねらせながら、宮森の身体に腕を巻きつけると妖艶に笑った。

「ほんと？　約束よ？　私、あの子には負けたくないの」

「あの子って……？　もしかしてユーリ先生のこと？」

宮森が悠里の名前を口にすると、エミリーは眉間に皺を寄せた。

「やめてよ、もう。名前だって聞きたくないんだから。あんなぽっと出の作家、絶対認めてやらない」

「まったく……怖い女だね。わかったよ、エミリー先生に全面協力します」

宮森が与える快楽に、エミリーはただ身体をしならせ、甘い声を出す。

組み敷く男の思惑など知らずに――。

第九章　その陰に潜むもの

八月も過ぎ、残暑が続く九月半ば――。

『忘我の愛』の書籍化と映画化が決定すると、一日一日が目まぐるしく過ぎていった。

連載が終了したら、すぐに広告を打って全国の書店に売り出すとのことだった。そのために『表紙のイラストイメージをいくつか考えろ』と先日氷室に言われ、悠里は本のイメージを何枚も絵に書き出していた。

そんな忙しい毎日を過ごしているうちに、『忘我の愛』の原稿の提出も残すところあと一回となってしまった。

（この連載が終わったら、やっぱり担当変わっちゃうのかな……）

そう思うと、胸が締めつけられるような切なさに襲われた。

『忘我の愛』のラストは、伯爵の弟の嫌がらせによって失明してしまった主人公が伯爵への愛を断ち切ろうとするが、伯爵の主人公への愛は変わらなかった、というもの。そして、ともに生きていく最終手段として、伯爵は爵位を返上し、互いに平民として幸せに暮らす……という内容になっている。

こんなに純愛系のシナリオにするつもりはなかったのだが、氷室のことを考えながら執筆したら、こうなってしまった。

〝どんなに歪んだ愛も、根本は純愛である〟――。

というのが悠里の小説のコンセプトで、それを曲げたことは一度たりともなかった。そんな隠れたメッセージに、一体どれぐらいの人が気づいてくれているだろう。そうもの思いにふけっている時に、ふとスマホが鳴った。

「もしもし？」

『ああ、俺だけど、最終回の原稿、書き終わったか？　あと、表紙のイラストイメージも何か考えついたか？』

相変わらずぶっきらぼうな氷室の声にも、今では愛《いと》おしささえ感じてしまう。

「原稿は一応、できてます。打ち合わせするなら、これ、そっちに今日持っていきましょうか？」

メールで送信すればいいことだったが、氷室の声を聞いたら会いたいという気持ちがふと湧き起こってしまった。

時計を見ると、十五時ちょうどを指していた。

『いや、ちょっといろいろ立て込んでるんだ。ただ、イラストのことも話し合いたいから……お前、今夜時間あるか？』

なんとなくためらうような言い方に、ドキドキしながらスマホを握り直した。

「は、はい、時間あります」

「今夜、二十時に原稿と表紙のイラスト案を持って、新宿東口改札で待ってろ」

「……え？　どこかに行くんですか？」

氷室の思わぬ言葉に小さな期待が生まれる。

（こ、これは……！　デ、デ、デート!?　って思っていいんだよね？）

その時、突然、頭の中にいつものモヤがかかり始める――。

――悠里、今夜は夜景デートだ。仕事をさっさと終わらせたら、すぐに迎えに行く。

――夜景デート！　あぁ、〝大人のデート〟って響き……。

――可愛い恰好して来いよ？　っていっても、お前、最近なんか変わったよな。

――え？　か、変わった……？

――可愛くなったっていうか……女っぽくなったっていうかさ。

――そ、そそれは！　それは、私が氷室さんのこと……す、すすす――。

『……おい、お前人の話、聞いてるのか？』

氷室の冷めた声が悠里の妄想を遮断し、現実に引きずり戻す。

「えっ？　あ、はい？」

（今、妄想相手が完全に氷室さんだった……恥ずかしい！　でも、氷室さんとお出かけだなんて！）

「じゃあ、またあとで……」

そう言って電話を切ると、悠里は緩みっぱなしの火照《ほて》った顔を手で覆いながら、ゴロゴロと床に転がった。


二十時、新宿駅東口改札前――。

今夜は勝手にデートと思い込み、悠里はメイクをして、メガネではなくコンタクトに、カジュアルなワンピースをまとっている。

新宿東口には大きな繁華街がある。この時間帯は平日の今日でも、飲み会などの待ち合わせで人がごった返している。

結局、表紙のイラストイメージはたいして考えつかないまま、氷室との約束の時間が来てしまった。

（とりあえず、今考えてあるものだけを渡そう……）

そんなことを思いながら、氷室を待つ間、原稿と表紙イラストの案をぼんやり見つめていると、『忘我の愛』のプロットを最初、ビリビリに破かれたことをふと思い出した。

適当に仕事をしているつもりはないが、氷室はよく見ているから、ごまかしなど一切利かない。

あの頃に比べたら自分は成長しただろうか、と心の中で自問しながら、連載最後の原稿と表紙のイラスト案を描いた用紙をバッグの中に入れた。

（もしかしたら、これが氷室さんに渡す最後の原稿になるかもしれないなんて……考えたくない）

先日の北村とエミリーの会話を思い出すと、自然と顔が曇っていくのがわかる。

氷室が自分のもとから離れてしまうことなど、あり得ない。不安を打ち消すように、首を振って氷室を待つことにした。

約束の時間を十数分過ぎたところで現れた氷室は、いつになく疲れた顔をしていた。

「悪い、待たせたな」

「いえ、お疲れ様です。私も今来たところなんで……」

普段、氷室は疲労を悟られないように隠しているが、悠里にはわかっていた。

（氷室さん、私のために……頑張ってくれてるんだよね）

そう思うと、嬉しくもあり申し訳なくもあり、また氷室の気だるそうな顔にも、不謹慎ながらドキドキさせられる。

「あの、今日は車じゃないんですね」

「ああ、飲むからな」

「え……？」

氷室は大海出版まで車通勤している。しかし、今夜はこれから飲むという理由で徒歩で来ていた。

（氷室さんと飲みに行くなんて！　初めてだよね……）

悠里の胸はルンルンと踊った。

「まぁ、ちょっと仕事の話もしたいところだが……そこのオーナーがお前に会わせろって、しつこくってさ……。言っとくけど、またこの前みたいに酔いつぶれたら、今度は放置して帰るからな」

横目でギロリと睨まれ、釘を刺される。

「はい！　もう二度とあんな飲み方はしません！」

ぴしっと敬礼すると、氷室は「変な奴」と笑った。

眠らぬ街、新宿歌舞伎町『Lollipop』にて——。

人目をはばかるように、今夜もひっそりと店は営業していた。

ドラムンベースジャズが流れる店内は、落ち着ける程度に照明が落とされていて、悠里はもの珍しそうにあたりを見回した。

「いらっしゃいませぇ～！　あああん、もう待ちくたびれちゃった。あら！　今夜は可愛い子、連れてるのね。私はここのオーナー兼店長のデコンタ・ナオでぇす！　初めまして！〝ナオママ〟って呼んでね」

「……えーっと」

悠里を出迎えたのは、フリフリのピンクのエプロンを身につけた、ごつい男だった。くねくねと腰を揺らして、氷室に挨拶のキスをしている。

「やめろっ、離れろって……ああ、こいつは木村直樹。俺の幼馴染みだ」

「ちょっとぉ！　何、男だってバラしてんのよ！」

「バラすも何もバレバレだろ。だいたい、こんなデカい女がいるかっての」

氷室はいつも座っている奥のスツールに腰かけると、煙草を取り出した。

近くの店員が火をつけたライターを差し出すが、それをやんわり断って、自分のジッポーのリッドを押し上げた。

「あなたがユーリ先生ね！　んまぁ、想像していたよりも、ずっと可愛い方じゃない！美岬にいつかこの店に連れてきて、ってお願いしてたのよ。ささ、座ってちょうだいね」

ナオママはいそいそとカウンターの中に入って、料理の仕込みを始めた。

「あ、あの、私に会いたかった人って……」

「ああ、あいつだ」

氷室は煙草の煙が悠里にかからないよう顔を背けながら吐き出すと、ナオママを指差して言った。

「インパクトは強烈だけど、別に、取って食ったりしないから安心しろ」

「は、はぁ……」

初めて来るオカマバーに、悠里は新鮮なものを感じた。

氷室の幼馴染みが経営している店とはいえ、こういう店に氷室が自分を連れてくること自体、意外に思えた。

「あいつ、ほんと昔からお前の小説よく読んでるんだぜ？　妄信的ファンだ。お前が同人活動してた時から知ってるんだからな。あとでサインでもしてやってくれ。きっと毎晩一緒に寝るくらい、泣いて喜ぶから」

「はい、喜んで」

悠里は胸の中にほっこり温かいものを感じて、思わず微笑んだ。

すると氷室は笑いもせず、悠里をじっと見つめた。

「……どうしたんですか？」

無言で見つめてくる氷室にきょとんとしていると、彼は弾かれたように目を逸らした。

「べ、別に。お前もやっと、俺の横で酒を飲んでも恥ずかしくないほどには、女として成長したな、って思っただけだ」

ほんの少し赤みを帯びたその頬に、悠里の心臓はドキリと波打った。

「あ、そうだ、原稿と表紙のイラストイメージを持ってきました」

悠里は本来の目的を思い出し、氷室にそれを手渡した。

（これが最後の原稿になんて、なりませんよーに……）

氷室は受け取った原稿をパラパラとめくりながら、何度も小さく頷いている。顔つきが険しくならないということは、表紙のイラスト案も問題はなさそうだった。

「お前の原稿も、最初の頃に比べたらずいぶんよくなったな」

不意に、氷室が優しい声で呟くように言った。

照れているのか、目を逸らしたまま発せられた声は小さくて、普通なら聞き漏らしてしまいそうだったが、悠里の耳にははっきり届いた。

「ありがとうございます。きっと氷室さんのおかげだと思います」

「当たり前だろ」

堂々とした氷室らしい返事に、悠里の頬は思わず緩んだ。

「連載はもう少しで終わりだけど、これからもお前には期待してる。頑張れよ」

悠里に向き直った氷室の、優しい目と温かな言葉にほっこりとしてしまう。

「はい、頑張ります」

(でも、連載が終わったら氷室さんは……もう私の担当じゃなくなるかもしれないんだよね。それにしても、さっきから赤くなったり目を逸らしたり……氷室さん、いつもと違う気がする。もしかして……私、女として意識されてる？　いやいや、そんなはずないよね)

時折、伏し目がちになる氷室の横顔から、勘違いしてしまいそうになる。

そんな中、目の前に淡いピンクのクリームが乗ったケーキが出された。

「じゃ～ん！　私の特製フランボワーズケーキよ。食べてみて！　美岬はもうそれにハマッちゃって、ハマッちゃって――」

「おい、余計なこと言うなよ」

「あー！　みーくん、赤くなってるぅ～。あぁん、可愛いんだから！」

見ると氷室は、頬を赤く染めて、気まずそうに目を泳がせている。

初めて見る氷室の表情に、悠里はますます親近感を覚えた。

「いただきます」

悠里はフォークを素早く握ると、スポンジを割って口にケーキを運んだ。

（あぁ、この味！　氷室さんだ……なんか落ち着く）

ラズベリーの風味が鼻から抜けると、甘くてとろけそうになった。

「美味しい！」

「そうでしょ!?　ラズベリーは美岬の大好物なのよ！　美岬がニューヨークから帰国する前からそのレシピを考えてたの。帰ってきたら絶対食べてもらおうと思ってね！　なんせ〝フランボワーズは恋の味〟だもの、ね」

ナオママはカウンターに前のめりになると、悠里に向かってウィンクした。

「恋の……味……？」

この薄付きのピンクのラズベリークリームは、恋の甘さをほんのり思わせる。

そして、切なく酸っぱい恋も——。

(恋の味……か、そうかもしれない……。このフランボワーズケーキのように、ただ甘くてとろけそうな恋だったらいいのに)

氷室への切ない想いを、その甘い味で宥められているようで、彼のことを考えれば考えるほど胸が締めつけられていった——。

ナオママの店を出た時には二十二時になっていて、ふたりは新宿の街をぶらぶらと歩いていた。

通りはいまだに会社帰りの人などで賑わっている。

「きゃ、す、すみません……」

すれ違う人と肩がぶつかって、勢いで後ろに押されると、ふわりと誰かが背中を支えてくれた。

「大丈夫か？　ったく、ボサッとすんな」

「氷室さん……あ」

背中からするりと手が下りたかと思うと、氷室はおもむろに悠里の手を取った。

温かくて意外なほど大きな手に、心臓が跳ねる。心音が胸の奥でドクドク響いているのがわかる。

（ひ、氷室さん⁉）

（これって、どういうこと……？　なんだか、本当にデートみたい）

氷室は悠里の手を引きながら無言で歩き、気がついたら都庁前に来ていた。

「ここは……」

「お前に見せたいものがある。いいから、ついてこいよ」

その言葉にただ頷いて、氷室のあとに続いた。

（こんな時間に、都庁になんの用事かな……）

エレベーターの中で、悶々と考えを巡らせる。

隣のカップルがいちゃついていても、今はそれを見て妄想する余裕はなかった。

そして、エレベーターが展望室で停まると、そこで降りた。

「この時間まで開いてるなんて、驚きだろ？」

「はい。わぁ……すごい」

ガラス越しに広がるパノラマ夜景に、思わず感嘆の声が漏れた。

平日の夜ということもあって、あまり人もいない。

首都高速を走る車のライトが光のリボンのように連なり、ひしめき合っているビルの照明や商業施設のネオンサインなどが煌々としていて、まるで光の宝石箱だ。

（こんな素敵な所に連れてきてくれるなんて……うれしいな）

悠里は胸を躍らせ、はしゃぐように話しだした。

「夜景といえば、ニューヨークの摩天楼が有名ですよね！　いいなぁ……私もいつか見てみたいです。この風景の向こうにニューヨークがあると思うと、なんだか不思議な感じですね」

テレビや雑誌などでしか見たことがない、有名な摩天楼を思い浮かべて、氷室の住んでいた街に思いを馳せてみる。

「ああ、そうだな……ハドソン河に浮かび上がる夜景なんて、最高に綺麗だ。ニューヨークにいた頃は、よく川沿いのベンチで静かに眺めていたな。けど、俺はここの夜景も嫌いじゃない」

氷室は目を細めながら、力なく笑った。

直感的に氷室が何か言いだそうとしているのがわかって、胸の鼓動がさらに激しくなる。

ナオママの店にいた時から気になっていたが、今日の氷室は笑ってもすぐに真剣な表情に戻ってしまう。

(まさか、ここで愛の告白……とか⁉　だから場所を選んでここへ連れてきてくれたのかな?)

「氷室さん、今日わざわざ私を呼び出した、本当の理由ってなんですか?」

「え……」

なかなか話を切り出そうとしない氷室に、悠里は思い切って尋ねた。このままでは焦らされているようでやきもきする。

すると、氷室は諦めたように小さくため息をついて、重い口を開いた。

「お前の最終原稿を受け取ったら、話すつもりだった」

氷室がじっと見つめていた夜景から、視線を悠里に移した。

悠里は今にも爆発しそうな心臓を押さえ、氷室の告白を受け入れようと、ゴクリと喉を鳴らした。

しかし、氷室が口にした言葉は、悠里の期待とは違い、衝撃的なものだった。

「俺は、次回からお前の担当を外れる」

「え……?」

心が洗われるようなロマンチックな夜景をバックに、愛の告白をされるシーンを、思い描いていた。それがついに現実のものになるのかとワクワクしていたが、そんなうまい話ではなかった。

「今、なんて……？」

言葉の意味が理解できずに、ただ呆然と立ち尽くす。

先日、北村とエミリーが氷室の担当替えについて話をしていたが、こうして直接本人から言われてしまうと、そのショックははかり知れなかった。

「宮森が文芸に異動してくることになったんだ。俺のほかの担当作家は、そのまま俺が持つ。とりあえず、お前の担当は宮森になる」

「そ、そんな……どうして私だけ外れるんですか？」

「仕方ないだろ、上からの意向な――」

「勝手に決めないでください！」

悠里は声を荒らげた。

何組かのカップルが驚いてこちらを見たが、そんなことを気にしている場合ではない。

「私、先日大海出版の近くのカフェで、後藤先生と北村編集長が話してるのを聞いちゃったんです。後藤先生が、氷室さんを専属編集者にしたいって言ってるのも、私の担当を外してほしいって言ってるのも……」

「え……?」

氷室は驚いて目を見開いた。

これはすべてあの女の思惑に違いない。それをどうしてそんな安易に受け入れてしまうのかと、憤りにもに似た感情に、悠里の身体は震えた。

「きっと後藤先生の罠に――」

「もう決まったことだ。駄々をこねたところで何も変わらない。それにお前たち作家にとっちゃ、担当編集者が変わるなんて、珍しいことでもないだろ」

悠里の言葉を遮って、氷室は冷たく言い放つ。

その言葉は、悠里の神経を逆撫でした。

「そういう問題じゃないんです!」

悠里の感情的な声に、氷室は目を丸くして押し黙った。

そして、困ったような表情に変わると、悠里の心はますます苦しくなる。

〝どんなに歪んだ愛も、根本は純愛――〟

そのメッセージが、氷室にも届けばいいと思った。

「私、氷室さんのおかげで変われたんです。どんなに情けない姿をさらしても、いつも励ましてくれたから。だから、くじけそうになっても頑張ってこれたのに……」

「作家のケツを叩くのは編集者として当然だろ」

氷室は悠里の言葉を突き返すように、低い声で冷たく言った。

「だったら！　どうして、どうしてあの時、キスしたんですか？　どうして……作家と編集者の関係を壊すようなことしたんですか？」

「……それは」

氷室は悠里から目を逸らし、唇を小さく噛んで言葉を呑み込んだ。

そして眉が歪められ、悲痛な面持ちに変わる。

「氷室さんが遊びでも、衝動的だったとしても……私は嬉しかったんです」

「え……？」

思いがけない言葉に、氷室は悠里に向き直ってじっと見つめる。

「こんな私に、氷室さんが触れてくれたことが嬉しくて……私、氷室さんのことが好きなんです」

今まで秘めていた想いが、あっさり口から出てしまった。気持ちを文章にすることは簡単でも、いざ言葉にしようとすると、途端に不器用になってしまう。

今まで、そう思っていたのに――。

「す、すみません……困らせるつもりじゃなかったんですけど……氷室さんが本当に担当を外れてしまうなら、せめて私の気持ちだけでも知っててほしかったんです」

「お前……」

悠里の不意の告白に、氷室はただ黙って目を見張ることしかできなかった。

「私、今日は帰ります」

いたたまれなくなった悠里は、素早く踵《きびす》を返す。

背中の向こうで氷室の呼び止める声が聞こえた気がしたが、これ以上、氷室の前にいられなかった。

視界がぼやけ、目を擦ると手の甲が濡れた。

恋することは、こんなに苦しくて、切なかっただろうか、と今さら考えてしまう。

(どうしてフランボワーズケーキみたいに甘くないんだろう)


悠里が立ち去ったあと、氷室はひとり睨むように夜景を眺めていた。

こんな気分の時に、綺麗すぎる夜景が癪《しゃく》に障る。

「悠里……」

氷室は初めてその名前をぼそりと口にした。

色気がなくて鈍感で、どうしようもない女の名前――。

いつの間にか心の中に入り込んだかと思うと、平常心をかき乱されて、時には顔を見るたびにイライラすることもあった。

けれど、無邪気に笑いかける彼女の笑顔や、不器用なりに一生懸命な姿を見ていると、どうしようもなく愛おしく感じてしまう。そんな自分の気持ちにようやく最近気づき、悠里の笑顔を自分のものにしたいと思い始めた。

氷室は窓ガラスの向こうに広がる夜景をぼんやり眺めながら考えた。

力いっぱい抱きしめて、何度もキスをして自分の気持ちを表したいと思っていたのに、いざ悠里の気持ちをぶつけられると、氷室はらしくもなくうろたえてしまった。

今まで女から告白されることなど、珍しくもなかった。昔の女も今となってはもう遠い過去のものだ。

悠里に『好き』と言われた時、心臓に矢が刺さったような気がした。

けれど、こんな時に限って編集者としてのプライドが邪魔をして、悠里に何も応えることができなかった。

「最低だな……俺」

ぽつりと呟いて、自嘲ぎみの笑いがこぼれた。

『お願いです！　頑張りますから、氷室さん、こんな私についてきてくれませんか⁉』

馬鹿みたいに必死になって訴えかけてきたあの目は、今でも氷室の脳裏に焼きついている。

今思えば、あの時から悠里を見る目が変わった。

先ほど悠里が気持ちを打ち明けてくれた時、氷室は感情のまま、今だけでも悠里を抱きしめようと、手を伸ばしかけてしまった。けれど『そんな資格はない』とすぐに思い直し、伸ばしかけた手を下ろした。

（この感情こそが、あいつをダメにする）

ふと氷室の脳裏に、封印していた、とある記憶が蘇った。

氷室がまだ新米の編集者だった頃、駆け出しだった女流作家と立場をわきまえずに愛し合った。が、彼女は自分との愛が深まれば深まるほど、小説を書くことを怠り、人気も落ちていった。

『あなたのそばにいると、小説が書けない……』

彼女は最後にそう言い残して、氷室の前から突然姿を消した。

そして、新しく彼女の担当になったのが、当時ニューヨークでライバル出版社に勤

めていた宮森 薫だったのだ。宮森が担当になった途端、彼女は勢いを取り戻し、書いた作品はいくつもヒットするようになった。

自分の私情を挟み込まなければなければ、宮森以上に彼女を一流作家に押し上げられたはずだ。編集者としての役目を、宮森に奪われてしまった悔しさが蘇る。

『僕に取られないようにさ、あの時みたいに……』

ふとパーティーの時に言われた宮森の言葉が、氷室の脳裏を掠めた。思い出すだけでも、はらわたが煮えくり返りそうで眉間に皺が寄る。

氷室は無意識に拳を握りしめて窓の向こうの夜景を睨みつけると、いつまでも鎮まらない憤りに、ただ唇を噛むことしかできなかった。

「……クソ」


三日前のこと――。

宮森が悠里の担当の座を狙っているというのは、前から薄々感づいていたが、あの男が大胆にも北村に直談判するとは思いもよらなかった。

宮森は『文芸に異動できるのであれば、悠里の担当をやらせてほしい。もし、それが叶わないのであれば、異動せずに悠里の小説をコミカライズしたい』と、北村に相談したらしい。

小説をコミカライズすることはよくあることだが、悠里の小説のよさは文章でしか表せない。それをコミックで表現できるものか、それに悠里のことを一番よくわかっているのは自分だと、氷室は両方の条件を頑《かたく》なに拒んだ。

にもかかわらず、北村にどちらかの選択を迫られ、氷室は悠里の小説を守るために、苦渋の決断をしたのだった――。


回想から引き戻されると、先ほどと変わらない夜景が目の前に広がっている。

「それにしてもあいつ、女の目をしてたな……」

必死に語りかける先ほどの悠里の眼差しを思い出して、氷室は微かに笑った。その笑いも氷室の呟きも、すべて夜景の光の中に呑み込まれていった。


十一月。とある新宿の大型書店にて――。

『忘我の愛』の連載が終わり、書籍化されたものが書店に並ぶと、またたく間に今週の書籍売上げランキング一位に選ばれた。

『大人気作家、ユーリが綴《つづ》る、暗黙の関係に秘められた真実の愛とは――』

新書判の帯に綴られたキャッチコピーを見て、悠里は本を手に取り、パラパラとめくってみた。

（これが、氷室さんと一緒に作った、最初で最後の本なんだ……）

そう思うと感慨に浸ってしまう。

（嬉しいはずなのに、これからは氷室さんと一緒に仕事できないって思うだけで、気持ちが沈むよ……）

『忘我の愛』の連載が終わった数日後、北村から電話があり、担当編集者変更の旨を告げられた。

何度も抗議の言葉を並べ、『氷室さんに引き続き担当してほしい』と伝えたが、『社内人事で決まってしまったことだから』と申し訳なさそうに言われた。それでも食い下がりたかったが、結果的に氷室を困らせてしまうことになるかもしれないと思うと、引き下がるしかなかった。

もし、自分と氷室が長年二人三脚で作品を作っていたならば、悠里のワガママを聞いてくれたかもしれない。だが、願いは叶わず、悠里は氷室との絆の浅さを改めて思い知った。

氷室とは感性もどことなく似ていて、自分の作風をよく理解してくれていたが、氷室にこだわるのは、本当にそれだけの理由なのかと言われれば違う。

ただ好きだからという理由で、担当を続けてもらうことを望んでも、仕事に私情を持ち込みたくない氷室にとっては迷惑なはずだ。

氷室が担当から外されて数日たった今でも、彼のことを考えない日はなかった。あの夜、感情が昂《たかぶ》って思わず告白してしまったが、それについての答えは聞かなくてもわかっていた。

（はぁ……こんな時、誰でもいいから話を聞いてくれる人がいたら……。加奈に電話したいけど、今は出産準備で忙しそうだしなぁ……）

その時、頭の中にぼうっとモヤがかかる。


——悠里様、どうされたのですか？　浮かない顔をされていますね。

——ああ、これは妄想の世界……こんな時でも妄想できるなんて、私の妄想力って逞しいわ。

——妄想でもなんでもいいではありませんか、私が慰めて差し上げます。

——初期の妄想に出てきたイケメン執事に戻ってる？

——私ではご不満でしょうか……？

──どうせなら好きな人に告白して成功した時のことを妄想したい……でも、どうしても思い浮かばないよ。

──それはきっと、悠里様が無意識に考えることを避けておられるからでしょう。さ、こちらにいらしてください。

──い、嫌！　やめて……だって私のフランボワーズの味は──。

「あれ？　ユーリ先生？」

「っ⁉」

突然、背後から声をかけられて、びくりと肩が跳ね上がり、手にしていた本を落としそうになった。

「ああ、やっぱりユーリ先生だ」

現実に戻って振り向くと、背後にバラの花でも見えそうなくらいキラキラした笑顔で、宮森 薫が立っていた。

「み、宮森さん……どうして、ここに？」

「それはこっちのセリフだよ。偶然だね。僕はユーリ先生の小説が今日発売されるから、偵察しに来たようなものかな」

キラキラの笑顔が目に刺さるように眩しい。そして、鼻をくすぐる宮森のフレグランスもなんとなく不快だった。

「ユーリ先生、今、お時間ありますか？　よかったら、すぐそこのカフェでお茶でもどうですか？」

「……いえ、結構です。すみません、あまり時間がないもので」

宮森は氷室にとって、厄介な相手のようだし、氷室に『あいつと関わるな』と言われたことを思い出す。

それに担当替えの現実を受け入れられないでいる今、新担当の宮森とカフェに行く気分になどなれなかった。

「え？　連載だって終わったし、少しは時間があるかな～と思ってたんだけど？」

（……う、図星だ……。どうしよう）

悠里は逃げ場を失った獲物のような気分になった。

「今度からユーリ先生の担当は僕だからね。作家さんのスケジュールはある程度把握してるよ」

その軽やかな笑顔とは対照的に、悠里の心はどんどん重たくなっていった。

（そうだ……来月からこの人が私の担当なんだ……）

ニコニコ笑う宮森を見ていると、困惑している様子を面白がられている気がして嫌悪感を抱かずにはいられなかった。

「とにかく、ここで立ち話もなんだからさ、落ち着ける所に行こうか」

「え？　ちょ、ちょっと！」

半ば強引に悠里の手を引いて、宮森は書店に隣接しているカフェに向かった。

連れてこられたカフェは、学生や会社員が休憩がてら、気軽に利用できるような雰囲気の所だった。

前に数回来たことがあったが、あまり記憶はない。

宮森は適当にコーヒーを注文し、『さぁ、お話しようか』と言わんばかりにテーブルに両肘をついて前のめりになった。

「ユーリ先生、まずは書籍化と映画化おめでとうございます」

「……ありがとうございます」

「『忘我の愛』の連載は始まってからずっと読んでたよ。実はあの小説をコミカライズしようって提案したんだけどね……」

「は⁉　コミカライズ⁉　な、なんの話ですか？」

（何それ！　冗談じゃない……！）

思わず席を立ってしまいそうになりながらも、最後まで話を聞こうと気持ちを落ち着かせた。

「でも、ユーリ先生の小説はやっぱり文章でないと、そのよさが伝わらないって思う」

「え……？」

「って、氷室に断固拒否されたんだ」

コミカライズの話など、氷室から一切聞いてない。けれど、自分の小説を理解してその話を断ってくれたんだと思うと、今すぐにでも氷室に会いたくなってしまう。

「だけど、ユーリ先生の小説を絵で動かしたら、もっといい作品になると思う。文章で表現できなかった部分とかを目で楽しめたり……」

「それは私の文章力が足りない部分を、わかりやすく絵で表現するってことですか？」

遠回しにそう言われた気がして、ユーリは顔を曇らせた。

「いやいや、ごめんね。気に障ったなら謝る。けど、将来的にユーリ先生の小説も表現の仕方を変えれば、もっと売れると思ってね」

（何よ、この人。結局、自分の思い通りにしたいだけじゃない……）

謝恩会で初めて会った時は、紳士的で悪い印象ではなかった。しかし、今は宮森の狡猾《こうかつ》な部分が見え隠れして嫌悪感を覚える。

「そうですか。やはり氷室さんは、私の小説のカラーをよくわかってくれていますね。仮にそのお話をいただいても、私も賛成できなかったと思います」

わざと棘のある言い方をしても、宮森は相変わらず笑顔で、イラついた。

「僕も氷室みたいにユーリ先生の気の置けない編集者になれるように頑張るよ。ところで、僕が担当した作品って読んでくれたことあるかな?」

「ないです。一冊も」

宮森に関する興味は一切ないと言わんばかりに、きっぱり言い放つ。

それでも宮森はへこたれない。

「そっかぁ、残念だなぁ。僕もユーリ先生の小説のテイストを理解してるつもりだけど、できればユーリ先生にも僕の趣向をわかってほしいんだ」

「心にとどめておきます」

悠里は当然、この場で宮森を受け入れることはできなかった。

しかし宮森は懲《こ》りもせず、笑顔で接してくる。

何を考えているのかわからない笑顔に、不気味なものを感じてしまう。

「氷室とはどんな仕事してたの? あいつ、融通利かないとこあるし、意外と不器用だから……。でも、昔に比べたらマシになったかなぁ」

過去を懐かしむような声音に、ふと顔を上げると、じっと見つめてくる宮森と目が合う。

「あの、宮森さんは氷室さんのライバルだって言ってましたけど……」

「ああ、実は僕は昔、ニューヨークの出版社にいたんだけど、僕と氷室はその頃からの知り合いなんだよ」

宮森は話に食いついた悠里に、再びにっこりと笑いかける。

「勤めてた出版社は違ったけど、編集者として駆け出しのあいつと僕は、いつも作家の原石を探してた。氷室が担当した作家は必ず売れた。けどね……ひとりだけ、賞まで受賞したことのある実力作家が、どういうわけか氷室が担当になった途端に、全く売れなくなった」

「え……？」

氷室の知られざる過去に、固唾を呑んで耳を傾ける。これ以上聞いてはいけない気がしつつも、彼のことを知りたいという誘惑に負けてしまう。まるで、開けてはならないパンドラの箱を前に、躊躇している気分だった。

「その作家さんは、どうして売れなくなったんですか？」

「僕の口から話していいものかとも思うけど……その女性作家は氷室と恋人関係になったからだよ」

「え……？」

氷室はカッコよくて仕事もデキる。そんな氷室を前に、周りの女性が黙っているわけがない。けれど、過去の恋人の話を聞くと、言葉が出ないほど動揺してしまう。

宮森は予想通りの反応にニヤリとした。

それに気づいた悠里は慌てて平静を装ったが、どうしても心をかき乱される。

「ローラ・アドニエスっていう、主に恋愛小説を書いてたブロンドの美人作家だったんだけど、なぜかある日、氷室のもとを去って僕のところへ来たんだ」

（き、金髪美女……⁉）

この際、氷室の元恋人の名前など、どうでもよかった。

相手が日本人でないことに驚き、氷室が遠い存在に思えてならなかった。

「ところで……ユーリ先生は氷室のこと、どう思ってるのかな？」

宮森は急に、にこやかな顔から真剣な面持ちに変わり、思いがけないことを口にした。

「え……？　どうって言われても……」

突然立ち入ったことを聞かれて、言葉に詰まってしまう。

宮森の表情から、決して好奇心で聞いているわけではないとわかる。

「氷室はきっと同じことを繰り返す。それが怖いんだ……臆病な男だと思わない？」

「な、なんのことですか？　意味がわからないんですけど……」

(同じこと？　繰り返す？　どういうこと？)

宮森の言葉の意味が全く理解できず、言われたセリフを頭の中で反芻する。

「あはは。いや、なんでもない。……これ以上の話は同じ男としてマナー違反な気がするからね。機会があったら本人に直接聞いてみるといいよ」

『聞けるものならね——』というニュアンスが含まれた宮森の口調に、悠里は不穏なものを感ぜずにはいられなかった。

「ああ、あと『引き継ぐまでに目を通すように』って言われて、氷室からユーリ先生の資料を渡されたんだけどさ」

「私の資料？　あの、どんな資料なんですか？」

「あぁ、ちょうど今持ち歩いているから、見せてあげるよ」

宮森は鞄からファイルを取り出して、悠里に手渡した。

「……これは」

中身を見ると、悠里は驚いて目を見開いた。なぜなら、それは自分が同人時代から今までに執筆してきた、すべての作品の詳細が書かれた資料だったからだ。『忘我の愛』の前作である『愛憎の果て』の一部の原稿もあり、よく見ると細かく赤ペンでチェックした跡があった。

（これは、氷室さんの字……）

「どうしてこれを氷室さんが……？　『愛憎の果て』の担当は氷室さんじゃなかったはずなのに……」

「氷室は担当を受け持ったら、その作家の今までの原稿すべてに目を通す奴なんだよ。僕からしたら、そんな過去に振り返っても、無駄な時間としか思えないけどね」

宮森は呆れたような顔をして頬杖をつき、窓の外にぼんやり視線をやった。

今思い返せば、氷室は悠里の文章のクセや独特の表現の仕方に、素早く順応してくれていた。

その時は、『ただ単に仕事の相性がいいんだ』と軽く思っていたが、それは氷室がユーリという作家の傾向を、先に熟知してくれていたからだった。

「こん……な……やっぱり私は氷室さんじゃなきゃダメなんです」

「え？」

掠れた声が自然に口から漏れて、宮森は怪訝そうに悠里を見た。

(知らなかった……私は見えないところから氷室さんに支えられていたんだ)

「『氷室さんじゃなきゃダメ』……ね」

宮森は軽く頭をかいて、面白くなさそうに顔を曇らせた。

氷室美岬という男を改めて知り、胸に込み上げてくる熱いものを、うつむきながらこらえる。それでも視界がぼやけてきて、悠里は固く目を閉じた。


都内某所。後藤エミリー邸——。

エミリーは両親を有名大学教授に持つ、裕福な家庭で育った、いわばお嬢様だった。

広大な敷地の庭にあるガーデンガゼボで、氷室はエミリーの新作プロットに目を通していた。

エミリーのほうも先日『艶人』で連載が終わり、自分の作品が映画化されないことに数日間不機嫌だったが、書籍化が決まるとやっと大人しくなった。

「どう? 次回連載の新作。私は結構気に入っているんだけど?」

書籍化に調子づいたエミリーは、早々にプロットをあげていた。けれど、氷室はエミリーの新作の内容に、明らかな違和感を抱いていた。

「つかぬことをお伺いしますが……前作に比べて、文章の書き方や作風がずいぶん変わりましたね？　俺の気のせいでしょうか」

氷室はプロットに落としていた目線をエミリーに向けた。

エミリーは氷室の鋭い視線をものともせず、涼しい顔でティーカップの絵柄を眺めている。

「そうかしら？　前回は内容がちょっと甘めだったから、今回は少し大人っぽくいこうかと思っただけよ」

そう言って、エミリーは上品に紅茶を飲んだ。

「それよりあなた、ユーリ先生の担当外れたんですって？」

氷室の反応を試すように言うと、エミリーは面白そうに笑った。

氷室は、そんなエミリーの挑発的な口調に動じることなく、聞き返した。

「それが何か？」

「ユーリ先生の後任担当が宮森さんって聞いてびっくりしたの。あの人もお仕事がデキる方だから、美岬君も安心して任せられるわね」

気安く名前を呼ばれて思わず顔をしかめたが、エミリーは気づかないフリをしている。

彼女の、そんなふてぶてしい態度にもイラつきを覚える。

「けど、俺はまだあなたの専属になるなんて、言ってませんよ？」

氷室が冷たく言うと、エミリーは鼻でクスリと笑った。

「あら、北村さんから早速お話があったのね？　でも、実際、もう私の専属のようなものじゃない？　時々ベッドでのお遊びも交えてね……ふふ」

『今、そのベッドの相手は宮森だろう？』……そう言いかけてやめた。

この女と宮森は、明らかに下劣な関係で繋がっている。エミリーのプロットを見た今、氷室はそう直感した。エミリーの新作は、裏で誰かの手が加えられている。そして、その手の主が誰なのか、簡単に想像がついた。

氷室はエミリーの言葉を耳の奥で聞きながら、宮森の影を感じるプロットを睨むように見つめた。

終章　ラズベリードリーム

とある平日の歌舞伎町『Lollipop』にて――。

「いらっしゃい。あら、今日は悠里ちゃんだけなの？　美岬は？」

時刻はもうすぐ二十二時を回ろうとしていた。

こんな時間に、ひとりで歌舞伎町をウロウロすること自体、悠里にとっては珍しいことだが、今夜はなんとなく家にいたくない気分だった。

「いえ、ひとりなんです」

書店で宮森と遭遇してから一週間。

謝恩会で会った時とは違い、笑顔の裏で何を考えているのかわからない宮森に、悠里は不安を感じていた。そしてそんな心配を晴らすように、気がつけば以前、氷室に連れてきてもらった『Lollipop』にふらりと来ていた。

店内に入ると、ひとりで来た悠里が意外だったのか、ナオママが驚いた表情で出迎えた。

『忘我の愛』の書籍はベストセラーになり、映画制作の準備も着々と進み、来年には公開される予定だった。

人気に拍車のかかった悠里は、『艶人』でまた新しい連載小説を書くことが決まっていた。しかし、その時は氷室ではなく、宮森の担当で。

そう思うと、胸に重苦しいものを感じた。

氷室が担当を外れて以来、パソコンの前に何時間座っていても、何も文章が浮かんでこない。

あれから何度氷室に電話をかけようとしたかわからない。スマホを握って番号を呼び出そうとしては、思いとどまって枕を抱きしめながら悶々としていた。

「悠里ちゃん、ささ、座って」

「はい、ありがとうございます」

悠里は勧められたカウンターの席に腰を下ろした。

ぽつぽつと客は入っているようだが、相変わらず店内は、さして忙しそうではなかった。

「あぁん、今夜は暇ねぇ。まぁ、こんな夜もあるわね……最近、景気悪くて困っちゃうわ。あ、そうそう！　悠里ちゃんのサイン、ちゃんと飾らせてもらったわよ。ほら、あそこ」

ナオママが指差すと、ゴージャスな金の額縁に収められた悠里のサインが、かなり目立つ位置に飾られていた。

「ありがとうございます、あの……これよかったらどうぞ」

自分の書いた小説をプレゼントするなんて、差し出がましい気もしたが、先日発売した『忘我の愛』を手渡す。すると、ナオママは目を輝かせて本にキスをした。

「んまぁ！　嘘、信じられない！　実はもう発売日に予約して買ってあったんだけど、これは観賞用に飾っておくわ。アドレアちゃん、見て見て！　あ、そうだわ、ここにサインしてもらえない？」

「はい、喜んで」

ナオママが表紙を開き、指を差した場所に、悠里はサインを書いた。

「きゃー！　嬉しいわぁ～！」

ナオママは、店の従業員に見せびらかすように、嬉々として店の中を飛び回った。

そんな様子に悠里も思わず笑みがこぼれる。

「美岬は元気してるの？　最近全然店にも来ないし、電話もないしぃ……」

「わかりません。氷室さん、担当変わったから……」

「ええっ!?　何それ！　そんなこと、ひと言も聞いてないわよ！」

ナオママはフンフン鼻息を荒らげて、悠里の隣の席にどかっと座る。そして煙草に火をつけると、じっと悠里の顔を見つめた。

「な、何か……？」

バッチリとメイクを施したナオママの目力に、悠里はうろたえる。そんな悠里を見透かすように、ナオママがふっと笑った。

「ふふ、悠里ちゃんってほんと、何考えてるのかわかりやすい人ね」

「え……？」

まだ何も話していないというのに、何がわかったというのだろうか。悠里はナオママの言葉に、何も言えず固まってしまう。

「私に何か話したいことがあるんじゃない？　それも美岬のことで」

「……そ、それは」

（ダメだ……黙ってても仕方がない……）

ここ最近の悶々とした想いを、本当は誰かに聞いてもらいたかったのかもしれない。だから自然とこの店に来てしまったのだろうと、ようやく気づいた。

「実は……」

悠里はもう自分では抑え切れない気持ちをぶつけるように、ナオママにすべてを打ち明けることにした――。

「後藤エミリーねぇ……あの人の本、一回だけ読んだことあるけど、なんかイマイチ、アタシの趣味じゃなかったのよねぇ」

ナオママはぼんやりと煙草の煙を吐き出した。

「作家の世界にもいろいろあるのねぇ……。ふふ、けどね、美岬はここに来るたびにあなたの小説のことばかり話してたのよ。これだけは言えるけど、美岬はあなたの担当から外れたとしても、ユーリという作家をこの上なく愛してるはずよ」

ナオママはニコリと笑って、パチリとウィンクをしてみせた。

『愛してる』――。

その言葉に心が揺れた。

ユーリを愛し、悠里は愛してもらえなかったとしても、それだけで充分満足だった。

「ありがとうございます。氷室さんが私のためにどれだけ尽力してくれたか、身に染みてわかってます。氷室さんに厳しくされた時も、それは私のためなんだって思ったら頑張れました」

氷室とのことを思い出すと、自然と笑みがこぼれる。

けれど――。

うまく笑顔を作ったつもりだが、気づくと冷たい雫が頬を伝っていた。

「あ、あれ……」

「す、すみません」

慌てて涙を拭うと、ナオママはまるで子供を宥めるかのように悠里の背中をさすった。

「仕方のない子ねぇ……美岬のこと、好きなのね?」

「は、はい。……でも、この前……気持ちを打ち明けたんですけど、何も言ってくれませんでした……。それが、氷室さんの答えなんだと思います」

「まだ言葉をもらってないうちから結論を出すのは、早計ってもんよ。彼も何か思い悩んでることがあるんじゃないかしら? 美岬ってね、昔からそうなんだけど……いつもひとりで悩みを抱え込んで、頭でっかちになるの。幼馴染みの私にすら何も話してくれないんだから、寂しいもんよね……。でも、あなたたちは作家と編集者である前に、男と女なんだから、何が起きたっておかしくないじゃない?」

ナオママは悠里に温かいおしぼりを手渡すと、にっこり笑った。

「あなた、ほんと可愛い人ね……。ふふ、そうだ、美岬のことで思い悩んでる人に嫌味ってわけじゃないんだけど、よかったら美岬が好きなカクテル飲んでみる？　残念ながらケーキはないんだけれど」

「は、はい。いただきます」

おしぼりで涙の跡を拭いながら言うと、ナオママが手際よくカクテルを作り、グラスに注いでくれた。

薄い透明ピンクの液体の中で、炭酸の細かい気泡がゆらゆらと揺れている。

ひと口飲むとフルーティーな香りが鼻から抜けて、舌に甘酸っぱさが広がった。

（氷室さんの味……）

その時、ふと氷室に口づけされた夜のことを思い出した。

忘れもしないあのキスの味が、ラズベリーと重なる。

カクテルを飲んだだけで、切なさで胸が締めつけられてしまう。頭の中はいつも氷室のことでいっぱいなのに、そう簡単に彼への想いを断ち切る気にはなれなかった。

「……き……ない」

「え？」

「やっぱり私！　氷室さんを諦めるなんてできない！」

勢いよく立ち上がると、腰に手を当てながら、一気にグラスの中のカクテルをグビグビあおった。

「私、決めた！　すみません、今夜はもう帰ります。今、自分がやらなきゃいけないことがわかったんです！」

「え？　そ、そう。気をつけてね」

急に勢いづいた悠里に、ナオママは目をパチクリさせる。

「はい！」

グラスをカウンターにタンッと音を立てて置くと、気圧《けお》されるように固まっているナオママに、ペコリと頭を下げた。

「ありがとうございます！　おかげで元気が出ました」

そう言って悠里は代金を支払うと、急いで店をあとにした。

「愛の力って尊いわねぇ……」

ナオママはうっとりしながら、カウンターに頬杖をついた。

「ねぇ、氷室さんがこの前ここに来た時のこと、こっそり教えてあげればよかったんじゃない？」

恰幅のいいポニーテールの店員が、皿を拭きながらナオママに言った。

「あんた馬鹿ねぇ。男女の色恋に、他人が口出しするなんて野暮ってもんよ。でも、きっとあのふたり、うまくいくんじゃないかって思うの。あぁん！　私も身を焦《こ》がすような恋がしたいわぁ！」

ナオママはそう雄叫《おたけ》びをあげると、カウンターに突っ伏した。


「パソコン！　パソコン！」

悠里は転がり込むように自分の部屋に上がると、パソコンの電源を入れた。

ハードディスクが回る音がして、立ち上がる時間さえもどかしい。

(氷室さんを私の担当に戻すには、もうこれに賭《か》けるしかない！)

着替えることもシャワーを浴びることも忘れて、悠里はただ無心にキーボードの上に指を滑らせた――。


――悠里、俺の手を離すな……絶対だ。

――……ん？　これは……夢の中？　それとも私の妄想？

――たとえ俺たちが離れても、心の中で繋がっていれば……それでいい。

――え……？　氷室さん？

――悠里……お前は俺が初めて、自分から『編集を担当したい』と思える作家だった。

――待って！　氷室さん！

――応援してるから……じゃあな。

――氷室さん、行かないで‼

「っ⁉」

びくりと身体が跳ねて目が覚める。いつの間にかパソコンの前で突っ伏して、寝入ってしまっていたようだ。今のは妄想ではなく、完全に夢だ。

時計に目をやると、午前三時を回ったところだった。

（……嫌な夢だったな）

手を離すなと言いつつも、自分から離れていこうとする夢の相手を思い出すと、涙が出そうなほど切ない気持ちになった。

（違う、あれは氷室さんじゃない……きっと私の妄想の中の人だ……）

冷えた身体を両腕でかき抱き、悠里はぼやけた頭の中をシャワーでリフレッシュするために、バスルームへ向かった。

翌日――。

悠里は朝早く大海出版に出向き、ミーティングルームで北村が来るのを、今か今かと手に汗握りながら待っていた。

しばらくしてから、北村が驚いたような表情で部屋に入ってきた。

「お久しぶりですね。今朝、突然電話をいただいて、話があるなんて言うもんだから、何事かと思いましたよ」

「すみません、急にお呼び立てして……」

北村の前で頭を下げると、彼はさほど気にすることもなく笑い、悠里の向かい側に座った。

「いえいえ、後藤先生なんてアポなしでいきなり来ますから、連絡いただけるだけでもありがたいです。まぁ……あの人が変わってるだけなのかもしれませんけど。あはは」

北村は鷹揚《おうよう》に笑った。

「それで、話というのは？」

北村は時間があまりないのか、世間話もそこそこに、すぐに本題に入った。

悠里はバッグの中から新作のプロットを取り出すと、北村の目の前に差し出した。

「これは……？」

プロットに目を落とし、北村は怪訝な顔つきで悠里を見た。

「『艶人』の、次回連載予定のプロットです。でも、宮森さんにはまだ見せてません」

「え……？」

「まだ、書き出し途中の段階なんですけど、このプロットをまず北村さんに見てもらいたかったんです」

北村は悠里の意図が全く見えない様子だが、顎に指をあてがいながらプロットに軽く目を通しだした。

悠里はその様子を固唾を呑んで見守る。

部屋に響く秒針の音が、やけに耳障りに聞こえる。

北村は始め、ただ斜めに読み流す程度のつもりだったようだが、彼の目が次第にプロットに釘付けになっていくのがわかった。

次回作は『愛憎の果て』や『忘我の愛』に続く、渾身の一作と言っても過言ではなかった。

実は前からなんとなくストーリーを思い描いていた作品だったが、『艶人』のコンセプトである愛憎劇とは若干異なるため、保留にしていたものだった。

それを『艶人』のテイストに修正し直して、次作品にしようと試みたのだ。

今こそ、それを解放する時――。

「これは結構前から練っていた作品なんですけど、次の新作としてぜひ執筆したいって思ってるんです」

「はぁ、こんな隠し玉があったなんて……。ユーリ先生、なんでもっと早く教えてくれなかったんですか……」

北村がボソリと呟くように言い、笑顔で続けた。

「この話は一見、少女趣味っぽく感じますが……読めば読むほど奥が深くて、どんどん続きが読みたくなる。それに、ユーリ先生が書いたものですから、きっと売れるでしょう。ぜひこれを『艶人』で連載――」

「嫌です」

「え……？」

これは賭けだった。

悠里の作家生命を賭けた戦い――。出版社から捨てられるか、それともまだ作家として繋ぎ止めてくれるのか……たとえベストセラー作家だとしても、ここでつまずけば一気に転落する。

その内容とは――。

「この話を連載していくには、氷室さんの力が必要なんです。氷室さん以外の担当がつくなら、この話、連載していただかなくていいです」

「ええっ⁉　うーん、そう言われてもなぁ……」

北村はまっすぐな悠里の視線に、狼狽《ろうばい》するように頭をかいた。

「じゃあ、これ……違う出版社に持っていきます」

「え……！」

慌てる北村の姿に悠里は少し優越感を覚えた。駆け引きを持ち出すような真似をして、卑怯《ひきょう》だと思う。それこそ自分の嫌うエミリーと同じだ。

（それでも、私は氷室さんを取り戻したい……）

我ながら自分自身に呆れる。

けれど、一生に一度くらい、恋に必死になって、ワガママになったとしても、きっと許される。

そう自分に言い聞かせて、北村の言葉を待った。

「……そっか。ユーリ先生は作家の前に、女性でしたね」

「え……？」

北村の意外な言葉に意表を突かれて、目が点になる。

「なぁんだ、やっぱりそういうことだったんですね。あはは、氷室もああ見えてメンタル弱い奴ですから、ユーリ先生に執着するたびに、昔を思い出してたのかもしれない」

――昔のこと。

(北村さんは氷室さんの過去を知ってるんだ……私が氷室さんに執着する本当の理由も……)

「私はローラさんみたいにはなりません。彼からも逃げたりしません」

北村は思いがけず氷室の元恋人の名前を聞き、驚いた顔をしたが、すぐに笑顔になった。

「そうですか……しかし」

北村は笑顔を見せるも、すぐに表情を曇らせた。

そんな北村を怪訝に思っていると、彼の口から予想外の言葉が飛び出した。

「せっかく先生がそう言ってくれたんですけど……もう遅いんです。ちょっと待って下さい」

「え……?」

北村はそう言うと、大急ぎで席を立ち、部屋から出ていった。そして数分後、白い封筒を持って戻ってくると、それを悠里の前に差し出した。

「ちょっと朝から忙しくて、まだ内容は見てないんですけどね。今朝、僕の机に置いてあった、氷室からの封書です。あいつ、前々から『頭を冷やしたい』って言ってたんですけど……勝手に自分が担当してる作家を全部交代して、あのエミリー先生をも振り切って——」

「ま、まさか！　退職届じゃ……」

（嘘！　嘘！　せっかくここまで来たのに）

一気に頭が真っ白になり、何も考えられなくなってしまった。

北村も自分の新作を気に入ってくれたようだし、もしかしたら……という期待を抱いていた。けれど思いがけない事態に戸惑い、混乱する。

「この封筒と一緒に、あいつの書き置きがあってですね……。朝イチであいつはニューヨークに発ちました」

「ニューヨーク⁉」

「もう、あいつが何を考えてるのかさっぱり……って、あっ！　先生⁉」

悠里は弾かれるように席を立つと、北村の話を振り切って、ミーティングルームを飛び出した。

「まったく、氷室もそうだけど、ユーリ先生も最後まで話を聞かないよな……」

北村はやれやれと、白い封筒の口を破って書類を取り出すと、それに目を通した。

「なっ……なななな⁉　これは……」

北村はその手紙を片手でぐしゃりとつぶすと、頭をかきながら盛大にため息をついた。

「ったく……氷室のやつ、ほんと馬鹿だ」

（氷室さん……私に何も言わずにニューヨークに行っちゃうなんて！）

もつれそうな足を叱咤しながら、悠里は大海出版のエントランスを出ようとしていた。

その時――。

「きゃっ」

「おっと、あれ？　ユーリ先生？」

「っ⁉　み、宮森さん……」

勢いよく誰かにぶつかってしまい、慌てて顔を上げると、驚いた顔をした宮森が悠里を見下ろしていた。

「そんなに慌ててどうしたの？」

「い、いえ……すみません」

軽く会釈をして宮森の横を通り過ぎようとしたが、不意に後ろから腕をつかまれた。

「もしかして、氷室の話を北村さんから聞いたの？　僕も編集部の人からさっき聞いたんだけど……あいつ、とうとう仕事からも逃げ出したんだね」

「ち、違います！　氷室さんはそんな人じゃありません！」

「ふぅん」

悠里をわざと挑発するかのように、宮森は口元で笑っている。

それが、無性に悠里のイラ立ちを煽《あお》った。

「あの白い封筒、きっと退職届だよ。氷室はね、自分の担当作家を全員切って、身辺整理してたから……。おかげで僕は、エミリー先生の八つ当たりを受けるハメになったけどね。僕としてはとんだ災難ってとこ」

宮森は、エミリーの名前を口にすることさえ辟易している様子で、鼻を鳴らした。

「私、あなたと作品を一緒に作っていく気なんてありませんから！　宮森さんが私の担当になるくらいなら、別の出版社で本出します」

「へぇ、ずいぶん自信たっぷりだね。出版社なんて会社ごとにカラーがあるから、大海出版で売れっ子でも、ほかに行けば新人みたいな扱いされるかもよ」

宮森は、挑発的な笑みを浮かべている。

「いいんです。新人作家としてもう一度やり直したとしても、またベストセラー作家になってみせます！」

宮森はしばらく何も答えなかった。

彼との間に重苦しい沈黙が流れたその時――。

「薫！　もう！　探したのよ？　あら、ユーリ先生じゃない」

タクシーから派手な女が降りてきたかと思えば、後藤エミリーだった。

その姿を目にした宮森は、エミリーに気づかれないように小さく舌打ちをした。

エミリーは悠里の姿を目にとめると、カツカツとピンヒールの踵《かかと》を鳴らしながら、ものすごい気迫で近づいてきた。

「ユーリ先生？　あなた、氷室さんに何かなさったの!?」

「え……？」

エミリーの目には、すさまじい怒りの炎が燃え上がっていた。

「急に氷室さん、私の担当を降りるって言ってきたのよ！　それに、会社を辞めたって本当なの⁉」

（え……？　辞めた？　じゃあ、やっぱりあの封書は……）

目眩がして、震える足をこれ以上支え切れずにふらついた。

そんな悠里の肩を宮森が素早く抱き抱える。

「大丈夫？　なんだか顔色が悪い」

「だ、大丈夫です……」

「エミリー先生、彼女だって何も知らないんです。そうやって責め立てるのはやめてくれませんか？」

宮森にたしなめられて、エミリーは子供のようにツンと腕を組みながら、押し黙って目を逸らした。

「ふふ……初めて見た」

「え……？」

「あいつじゃなきゃダメだっていう作家……この間、カフェでお茶した時、そう言ってたよね？　そこまで言われちゃ、しょうがないな」

宮森は前髪をかき上げながら、諦めたように言った。

「そんな切なげな顔されちゃね……。僕だって根っからの鬼じゃないからさ」

宮森はいつものようにニコリと笑う。そんな笑顔に悠里がきょとんとしていると、宮森が小さくため息をついた。

「五番街だよ、『M&J《エムアンドジェイ》パブリッシング』だ」

「M&J……？」

聞き慣れない名前にポカンとしていると、宮森が噴き出した。

「あいつがニューヨークで勤めてた出版社だよ。まぁ、その会社に出戻ってるかどうかはわからないけど、当たってみる価値はありそうかな。本当はこんな時、お餞別《せんべつ》代わりに空港まで送っていってあげたいとこだけど、これから会議なんだよね。……氷室のとこ、行くんでしょ？　目がそう言ってる」

「宮森さん……」

「でも、僕はまだ諦めたつもりはないからね。〝隙あらば〟って感じかな？　じゃあね。さ、エミリー先生も行きましょう」

宮森はそれだけ言うと、キーキー憤慨しているエミリーを連れて、エレベーターのほうへと歩きだした。

「あ、あの……ありがとうございます！」

宮森は背中にかけられた悠里の言葉を受け止めると、片手を軽く上げて再び歩きだした。

『ええっ⁉　今、それで空港にいるの？　マジで？』

宮森と別れてパスポートを取りに一度家に帰り、気がつくと成田空港で、以前、電話番号を教えてもらっていたナオママに電話していた。

『あなたって見かけによらず、パワフルね……』

悠里が今までの経緯をすべて話すと、ナオママは心底驚いていた。

「はい。なんか我ながら無謀というか……。でも、チケットもすんなり取れたんでよかったです」

『それはきっと、恋の神様が味方してくれてるのね……ふふ』

ナオママの温和な口調に、張りつめていた心が次第に落ち着きを取り戻した。

『それより、あなた英語しゃべれるの？』

「へ……？」

無我夢中だったとはいえ、肝心なことを忘れていた。

「えーっと、英語……しゃべれません」

『……はぁ』

電話の向こうで、ナオママの呆れたようなため息が聞こえた。

『んもう！　勢いでなんでも許されるのは若いうちだけよ？　心配だわぁ、まず向こうの空港に着いたらタクシー捕まえて、それから――』

「あぁ、待ってください！」

バッグの中からメモを取り出して、段取りを書きとめる。

必要最低限の英語のフレーズだけ教えてもらうと、不思議となんとかなるだろうという気持ちになってきた。こういう時、楽観的な性格でよかったと思ってしまう。

『きっと、今のあなた輝いてるわよ。〝恋する女〟って感じでね……！』

「はい……！」

ナオママと話をしていたら、すべての不安が吹き飛んだ。悠里は氷室のためならニューヨークでもどこへでも行けそうな気がした。

「私、絶対氷室さんと一緒に帰ってきます」

『ええ、信じてるわ』

「はい‼」

『じゃあね』

元気よく言ったものの、通話を切ると急に孤独感が押し寄せてきた。

もし、ニューヨークまで行って、氷室が見つからなかったら？　氷室に避けられたら？　……そんな不安に押しつぶされそうになる。

（きっと大丈夫だから……大丈夫）

そう自分に言い聞かせると同時に、ボーディング開始のアナウンスが聞こえて、悠里は勇んで立ち上がった。

成田からニューヨークまでは、十三時間かかる。その時間が悠里にはとても長く長く感じられた。

飛行機の中で、悠里ははやる気持ちを抑えながら窓の外をぼんやり眺めていた。白い雲が絨毯《じゅうたん》のようにどこまでも広がっている。自分でも今こうして本当にニューヨークに向かっていることが、信じられなかった。

ふと頭の中にモヤがかかる――。

――悠里……？　まさか、悠里なのか？

――氷室さん……私、氷室さんに会いたい一心で……。

――お前って奴は……ひとりで来たのか？　まったく、なんて馬鹿なんだよ。

――自分でも驚いてるんです……私って、案外行動力あるんだなって。

――会いたかった……！　悠里、こっちに来いよ。思い切り抱きしめさせてくれ。

――はい……！

――俺、ずっとお前のことが――。


「――様？　……お客様？」

「だぁ！　なんてことになったら私……どどど、どうし――はっ⁉」

「どちらになさいますか？」

シートに爪を立てながら人知れず妄想にふけっていると、スチュワーデスが機内食を持ったまま、目を点にして悠里を見ていた。

「チ、チキンプリーズ……すみません」

気が昂っていて食欲はなかったが、とりあえず何か口にしなければ、と食事の乗ったトレーを受け取った。

（恥ずかしい……！　なんでこんな時に妄想なんて……）

「ふふ、君、さっきから面白いね」

「え……？」

ふと声をかけられて、悠里は初めて隣の席に目をやった。

英字新聞から覗いた顔と目が合った瞬間、悠里の体内の血液が一気に沸騰した。

(な、何⁉　このイケメンビジネスマンは！　今まで気づかなかったなんて！)

「すみません、急に声かけたりして。私はロディといいます」

まるで歯磨きのCMに出てきそうな爽やか紳士が、白い歯を見せてニッコリ笑っている。

落ち着いたグレーのスーツをかちっと着こなし、座っていても長身であることが窺える。

ロディと名乗った紳士は、日本語を流暢に話してはいるが、外見は西洋人の血が混ざっていそうな彫りの深い顔立ちに、ふわっとした栗色の髪をしていた。歳は三十代後半くらいに見える。

「君の表情がさっきからコロコロ変わって、新聞読むより面白くてつい……あ、すみません。こんな言い方したら失礼ですよね。ニューヨークのどちらへ行かれるんですか？」

ロディは優雅にコーヒーを飲みながら、気さくに話しかけてきた。

「えっと……すみません、私……よくわからないんです」

「え……？」

ニューヨークの観光名所が、ぽんぽん出てくると思っていたのだろう。悠里の意外な返事に、ロディが目を丸くした。

「私、人を探しにニューヨークに行くんです。その人がどこにいるのか、詳しいことは何もわからないのに、考えなしに飛行機に乗っちゃったっていうか……」

冷静に考えたら、あまりにも無謀な行動だ。

改めてそう思い、もじもじしていると、急にロディが声をあげて笑いだした。

「あはは。あぁ失礼、いやいや……なんとなく小説みたいなシナリオだなと思ってね。いいね、そういうの」

「は、はぁ……」

(小説のシナリオ……か)

愛する男を異国の地まで追いかけるヒロイン、という話もドラマチックで嫌いじゃない。機会があったら小説のネタにしてもいいかもしれないと思っていると、ロディが続けて悠里に尋ねた。

「それで、その探してる人っていうのは、仕事か旅行か何かでニューヨークにいるんですか？」

「仕事……というか、その人編集者やってるんですけど……急に何も言わずにニューヨークに行っちゃったんです」

「……編集者……ふぅん」

ロディはそう言って、シャープな顎を人差し指と親指で挟みながら、何か考え込む仕草《しぐさ》をした。

「あの、どうかしましたか？」

「え？　あぁ失礼。なんでもありませんよ。探してる人が見つかるといいですね」

そして悠里は気さくに話しかけてくるロディと、いつの間にか打ち解けて話し込んでいた。

十七時。ついにジョン・F・ケネディ空港に降り立った悠里は、見知らぬ土地を前に言葉を失ってしまった。

（ほ、ほんとに来ちゃった……）

事前に準備していたわけでもなく、思いつきでここまで来てしまった。荷物も小旅行に行くようなバッグひとつだけで、とても海外に行く恰好ではなかった。

冬に差しかかったニューヨークの冷えた風が悠里の首筋をすっと撫で、思わずぶるりと身を震わせた。

「ああ、いたいた。悠里さんですよね？　おかげで機内では快適でした」

「あ、ロディさん」

手荷物を受け取っていると、再びロディが悠里を見つけて声をかけてきた。

「楽しかったですよ。本当は時間があれば、これからニューヨーク市内を案内してあげたかったんですけど、あいにくこれから仕事なんです。ホテルはどちらなんですか？」

（……ホテル？）

ロディの質問に固まった。

（そういえば、宿泊先のことまで考える余裕なんてなかった……！）

「あ、あの……ニューヨーク市内で予約なしで、今すぐ泊まれそうな所ってないですか？」

その言葉に、ロディは目を見開いた。

想像通りの反応に悠里は身を縮こませる。

「え⁉　もしかして、ホテル取ってないんですか？」

「……はい、行き当たりばったりですみません」

すると、ロディの顔がすぐに笑顔になって、『安心しなさい』と言うように悠里の肩に手を置いた。

「君ってほんと変わってますね。あはは、ますます気に入りました。私の会社の近くにビジネスホテルがあるので、そこを当たってみましょう」

「すみません、お手数おかけします」

「ああ、そうだ。これ名刺です。一応、渡しておきますね。何か困ったことがあったら言ってください」

「……はい」

悠里は一瞬だけ名刺を見るとバッグへしまい、ペコリと頭を下げてロディの好意に甘えることにした。


こうして見るとニューヨークは広い――。

ロディに連れてこられたホテルはビジネスホテルとはいえ、ベッドもダブルでトイレもバスルームも別々だ。アメニティも充実していて、悠里には充分すぎるくらいの部屋だった。

（ロディさん、ほんといい人だったな……）

突然行ったにもかかわらず、幸運にもロディのおかげで、たまたま空いたホテルの一室を二泊三日で、なんとか確保することができた。

数少ない荷物をベッドの上に放り、悠里は暮れゆく一日を窓の外から眺めた。

ロディの会社はこの近くにあるという。

気がつけば、どこの会社に勤めているのかとか、どこに住んでいるのか聞きそびれてしまった。

(とりあえず、ニューヨーク市内の地理を知っておかなきゃ)

何も知らないままでは、何もできない。

そう思い立つと、空港で買った市内地図をベッドに広げた——。


いつもとは違う街の喧騒が、遠くから聞こえてくる。

日本語ではない言葉が飛び交って、まるで異世界にいるようだ。

「ん……あ、あれ……ここは？　もう朝？」

爽やかな陽の光が瞼を照らし、眩しさにうっすら瞳を開けると、見慣れない天井がぼんやりと、そして次第に鮮明に目の前に浮き上がってきた。

(私の部屋……じゃない)

悠里は霞《かすみ》がかった頭の中で、昨日までの出来事を思い出した。

（そうだ、ここはニューヨーク……！）

時計の針は、すでに十時を指していた。

昨日はあまりの疲労で、地図を広げたはいいが、そのまま泥のように眠ってしまった。

（はぁ、結局、何もしないで寝ちゃったんだ……）

クシャクシャになった地図を慌てて手で伸ばしながら、今日一日どうするか考えあぐねた。

「……ん？　ここって……」

タクシーでロディに言われるがまま連れてこられたホテルだったが、地図を追っていくと、ここがニューヨークの五番街付近だとわかった。

けれど、ニューヨークは実際広い。この中から果たして本当に、氷室を探し出すことができるのだろうかという不安が頭をよぎる。

（そうだ！　氷室さんに電話すればいいんだ！）

海外でもそのままスマホが使えるサービスを思い出し、悠里は早速、氷室に電話をかけてみたが、無機質な英語のガイダンスが流れて繋がらなかった。

（ダメだ……何言ってるのかわからない）

（あぁ～、こんなことなら、もっと英語をしっかり勉強しておくんだった……！）

不安と焦燥感《しょうそうかん》がじわじわと押し寄せてきて、手のひらにじんわりと汗を感じ始める。

「氷室さん、どこにいるの……？」

悠里は唇を噛んで、心細さに押しつぶされそうになりながら膝を抱える。ホテルの部屋にずっといても、息が詰まりそうだ。

何をすればいいのか頭の中で考えていたら、あっという間に十三時になってしまっていた。

（一刻も早く、氷室さんに会いたい！）

悠里は、はやる気持ちを抑え、とりあえずフロントに鍵を預けて、ニューヨーク市内を散策することにした。

ニューヨークは東京の慌ただしい都心部と似ているところもあるが、ここは異国の地だ。物珍しいストリートミュージシャンや、すれ違う人が日本人ではないことに、違和感を覚えてならない。ニューヨークの雰囲気に馴染むのに必死で、歩いているうちに本来の目的さえ見失いそうになる。

その時――。

「Hi, do you have a cigarette?（ねぇ、あなた煙草持ってない？）」

「え……？」

いきなり正面から浅黒い肌をした金髪の女に声をかけられて、悠里はしどろもどろになってうろたえた。

（シガレット？　シガレットって言ったよね？　煙草持ってるかってこと？）

「ノ、ノー……」

首を横にブンブンと振りながらそう言うと、その女はボソボソと何か文句を言いながら去っていった。

（び、びっくりした！　知らない人にも平気でこんな風に声かけるんだ……）

一難去って、ホッと胸を撫で下ろす。

（お腹空いたな……）

英語の話せない悠里は、なんとかジェスチャーで売店のホットドッグと飲み物を買うと、広場のベンチに座った。

（これからどうしよう……）

何も計画を立てずに、行き当たりばったりで来てしまったニューヨーク。周りにいる人は同じ人間なのに、全く違う生き物に見えた。

再び迫りくる孤独感にため息をついて、飲み終わったカップをゴミ箱に捨てた。

ふと周りに目をやると、ストリートパフォーマーがあちこちにいて、行き交う人の注目を集めていた。子供がはしゃぐ声や、パチパチと手を叩く音に、ほんのひと時でも和やかな気持ちになることができた。

(東京じゃ、こういう光景滅多に見ないな……。私の知らない街……あ、そういえば)

何か困ったことがあったらいつでも頼ってきて、と言われて渡されたロディの名刺を、バッグの中に入れっぱなしにしていたことを思い出す。

(〝困ったこと〟っていっても、こんな個人的な人探しに付き合わせるのも……ん?)

バッグの中から名刺を取り出し、そこに書かれたロディの会社名に目がとまった。

M&J publishing《パブリッシング》 chief《チーフ》 editor《エディター》

Rody《ロディ》 Masataka《マサタカ》 Arendt《アーレント》——。

(マサタカ……って、もしかしてあの人、日本人とのハーフだったのかな? でも、この会社名どっかで……どっかで……)

〝M&J〟という響きが記憶の糸を辿っていく。

「っ!? M&Jパブリッシング!?」

記憶のもとに辿り着いた悠里は、思わず勢いよく立ち上がった。

『五番街だよ、Ｍ＆Ｊパブリッシングだ』

『まぁ、その会社に出戻ってるかどうかはわからないけど、当たってみる価値はありそうかな』

宮森の言葉が脳裏に蘇り、Ｍ＆Ｊが、氷室がニューヨークで働いていた会社だということをようやく思い出した。

すると、いても立ってもいられなくなり、悠里は焦る気持ちを抑え切れずにバッグの中を漁《あさ》る。

（そうだ、スマホ……あれ？　ない……もしかしてホテルに置いてきちゃったのかな？　あぁ、私の馬鹿）

すぐ目の前に氷室の手がかりがあるのに、どうすることもできずにガクリと肩を落とす。

「……ん？　あれは」

道路を挟んだ向こうに、公衆電話を見つけた。希望の糸をたぐり寄せるように、悠里はすぐに立ち上がった。

（ああ！　どうして今まで、名刺の会社名に気づかなかったんだろう……馬鹿、馬鹿！）

海外の公衆電話になど初めて触れるが、無我夢中で、戸惑っている場合ではなかった。コインを入れると、名刺に書かれた番号を震える指で押していく――。

『Hello. This is M&J publishing（はい、こちらはM&J出版です）』

「え、えっと……」

(しまった……！　つい、勢いで電話かけちゃったけど……なんて言っていいかわからない)

自分の語学力のなさにイラ立ちを覚えながら、なんとか言い繕《つくろ》おうと試みる。

電話を受けているのはおそらく受付嬢だ。ならばロディの名前を出せば、何か通じるかもしれない、と考えがひらめいて、どもりながらも言葉を紡ぐ。

「ア、アイウォント、スピーク……ミスター、アーレント、プ、プリーズ」

『アーレントさんと話したい』と言ったつもりだ。ナオママに教えてもらった、もしもの時の英会話が、こんなところで役立つとは思ってもみなかった。

電話越しからでも、受付嬢の怪訝そうな様子が伝わってくる。

『Hold on please.（少々お待ちください）』

どうやら電話を取り繋いでくれる様子に、ホッと胸を撫で下ろし、コインを入れ足し、入れ足ししながら、ロディが電話に出るのを待った。

その時――。

『Hello? (もしもし)』

ロディの声がして、思わず受話器を握りしめて前のめりになる。

「あ、あの！　高峰です！　覚えてますか？　先日飛行機で一緒だった……」

『……え？　もしかして、悠里さん？』

「はい！」

絶体絶命の時に聞く、見知った人の声ほど安心するものはない。

『どうしたんですか？　まさか、本当に電話がかかってくるなんて思いませんでした』

悠長に長話をしている余裕はない。コインケースを開くと、もうコインが残っていなかった。

「すみません、あの！　私が人探しでニューヨークに来たってお話したの、覚えてますか？」

『あ、ああ……確かそう言ってましたね。それで探していた人は見つかったんですか？』

「私の探してる人って、氷室美岬って人なんですけど、前にそちらの出版社で編集者やってた――」

『え……？　氷室美岬？』

悠里が氷室の名前を口にすると、ロディが驚いた口調で言った。

頭の中を整理しないまま口から出てくる言葉は、自分でも何を言っているのかわからない。

心臓が押しつぶされそうなほどの激しい鼓動に、呼吸も速くなる。

『悠里さんの探し人が、まさか美岬のことだったとはね……。僕も同業なもんで機内で探してる人が編集者って聞いて、ちょっと気になってたんです』

「氷室さんをご存知なんですか？」

『ええ、知ってるも何も、氷室はうちの元社員で一緒に仕事をしてましたから。出張から帰ってきたら、いきなりニューヨークに戻ってきてたんで……僕も驚いてたところだったんです。それにしても偶然ですね。あはは』

電話の向こうでロディが陽気に笑っている。

氷室は今どこで何をしているのか、どこに行けば会えるのかと、受話器を握りしめながら気持ちが焦る。

『そうそう、実はさっきまで彼と一緒にいたんですけど――』

「ほんとですか⁉」

やっと氷室の手がかりがつかめた。そう思うと一気に胸が弾んだ。

（やっと見つけた！　すごい奇跡‼　あぁ！　神様ありがとう！　やっぱりこれは運命の巡り合わせ……！）

手を伸ばせば追いつきそうな距離に、氷室がいる。

『美岬と今日、ランチを食べたんですけど、残念ながらもう別れたんですよ。今はどこにいるのやら……』

「あ……そうですか」

彼のセリフで、高揚した気持ちが一瞬でしぼんだ。希望の光を目の前で消されたような気分になった。

『すみません。こんなことなら、もう少し彼を引き止めておくべきだったかな』

「い、いえ……いいんです。氷室さんがどこに行ったかわかりませんか？」

『うーん……もしかしたら彼は――』

ロディはしばらく考えあぐねていたが、思い当たることを言いかけたその時――。

ツーツー――。

無情にも、電話が切れたあとのビジートーンが会話を遮断する。

（え……？　切れた？）

呆然と受話器を耳にあてがったまま立ち尽くし、コイン切れで通話が途絶えたのだとようやく気づくと、諦めたように受話器を置いた。

気がつけばもう十六時。

結局、氷室に辿り着けないまま、一日が終わってしまうのかと思うと、絶望的な気分になる。

一体なんのためにニューヨークまで来たのか、見知らぬ土地でひとりきりは、心細くて無力だ。

(もうやだ……)

何もかもが自分の行く手を阻んでいるように思えて、やるせなさに涙が出そうになる。

こんな時こそ、くだらない妄想で気分を紛らわせたいのに、何も浮かんでこない。

悠里は再び途方に暮れ、厳しい現実に肩を落とした。


その頃——。

ロディと食事を終えた氷室は、本屋で小説を購入していた。店を出た直後、ポケットに入れていたスマホがけたたましく鳴り、画面を見てから通話ボタンを押した。

「なんだ」

『ああ、美岬か』

その声は、つい先ほどまで一緒に食事をしていた元上司、ロディだった。

ロディは日系アメリカ人で、氷室がニューヨークで仕事をしていた時に、編集者としての心得のようなものを手取り足取り教えてくれた、恩師のような存在だった。

氷室はニューヨークに到着してから、ロディに連絡をとってみた。電話で話すと、氷室が再びM&Jに戻ることを、彼が期待しているのがありありとわかり、うんざりしてしまった。

氷室がM&Jを去り、日本へ帰国してから、ロディは何度かニューヨークに戻ってこい、とアプローチをかけてきた。

だが、その頃にはもう、氷室は悠里の生み出す作品の虜になってしまっていたのだった。

『そういえば、美岬に言ってなかったことがあって』

「なんだよ?」

元上司に対して、あまりにもぶっきらぼうだが、ロディは今さら気にしない。

『先日、日本出張から帰国した際に、一緒に乗り合わせた女性がいてね。高峰悠里さんっていう――』

「な、なんだって……!?」

予想通りの反応だったのか、スマホの向こうでロディの小さく笑う声がした。

『さっきも彼女から電話がかかってきたんだけど、まさか彼女が美岬の惚れた相手だったとはね……』

執拗《しつよう》に戻ってこいとアプローチをかけられ、氷室はつい本音を口にしたことがあった。

『とある作家の才能に惚れたから、ニューヨークには帰れない』

ロディは氷室のその言葉を覚えていて、わざと皮肉染みた口調で言った。

『惚れた相手、高峰さんなんでしょ?』

「な、何言って……俺が惚れたっていうのは、あいつの書く小説で――」

ロディに変な詮索をされたくはない。気恥ずかしいのと面倒なことになりそうなので、氷室は平静を保とうとしたが、〝高峰悠里〟という名前を聞いただけで動揺してしまう。

『はぁ、美岬も子供みたいなこと言ってないで、いい加減、自分の気持ちを堂々と宣言したらどう?』

「気持ちを……宣言する、だと?」

『美岬のような、気難しくて生意気なやり手編集者を虜にしてやまない作家って、どんな人なのかと思ってたけど……』

皮肉交じりのロディの言葉に、氷室は眉をひそめながら、結局なんの用で電話をかけてきたのかと気持ちが騒ぐ。

「用件は？」

『まぁ……ちょっといいことを思いついたんだ』

笑顔の裏で何を考えているのかわからないところは、北村とよく似ている。わざとこちらの平常心を乱して、優位に立とうとする狡猾なやり方だ。

きっと何かよからぬことを考えている。

そう察した氷室は、そんな挑発には乗るまいと、動揺を悟られないように声を正した。

「それで、あいつから電話があったのってどこからだ？」

『さぁ、公衆電話からだったと思うけど……でも途中で電話が切れてしまってね』

「切れた？」

『うん、ただ単にコイン不足ならいいんだけど……心配だよね？』

「っ⁉」

なんともあと味の悪い気分に、氷室はいても立ってもいられなくなった。

自分はニューヨークという街がどういう所か、重々わかっている。

けれど、悠里はきっと初めての土地で、右往左往しているだろう。そして、万が一、事件にでも巻き込まれていたら――。

『美岬、ここで賭けをしよう』

「はぁ？　何言ってんだ、こんな時に」

『こんな時にこそ……だよ。万が一、君たちが今日中に出会えなかったら――』

氷室はロディの言葉に、固唾を呑んで耳を傾けた。

『彼女は美岬にとって、そこまでの価値しかなかったということ。美岬にはこのままこの地に残って、もう一度私の部下としてM&Jに戻ってもらう、ということでいい？』

「もし、出会えたら？」

『うーん、そうだね……日本に帰国してもいいよ。そして、美岬にこれ以上アプローチをかけるのはやめる……これでどう？』

氷室は、なんとなく腑に落ちなくて唇を噛んだ。しかし、いいアイデアを思いつき、指をパチンと鳴らして言った。

「もうひとつ。もし、俺たちが今日中に出会えたら……『忘我の愛』の英語版をニューヨークで出版してくれ」

『ええ⁉　そ、それは……『忘我の愛』って、日本ではかなり売れてるみたいだけど、アメリカではウケるかどうかわからない。そんな売れる保証のないものを……うーん』

氷室が提示してきた賭けの条件に、ロディが電話の向こうでうなっている。

イチかバチかだが、この条件なら賭けに挑む価値がある。

「その賭けの行く末は、俺にしたら天国か地獄だ。だから俺は、これから必死にあいつを探す。あんただって生半可な気持ちで、こんな賭けを持ち出してきたわけじゃないだろ？」

『わ、わかったよ……条件を呑もう』

電話を終えると、氷室は眉をひそめて舌打ちした。

（この賭けに負けたら最後だ）

そんな不安が一瞬、氷室の胸を掠めた。しかし、もうあと戻りはできない。

悠里の滞在しているホテルを聞いても、ロディが教えてくれるはずがない。氷室は明かりが灯り始めたニューヨークの街の向こうに、悠里の姿を思い描いた——。

その頃——。

「ドゥ、ドゥユーノウ、ヒム？」

「No」

悠里は日が暮れた五番街の通りで、以前スマホで隠し撮りして現像しておいた氷室の写真を、道行く人に見せては声をかけていた。

スマホはホテルに置いてきてしまったが、肌身離さず持っていた氷室の写真を思い出して、今、自分にできることをすべてやり切ろうと、躍起になっていた。

（ニューヨークの人口何人だと思ってるの……私、馬鹿だな……無謀すぎる）

行き交う人をぼんやり眺めていると、思考が徐々に鈍り始めてきた。

――悠里、疲れたのか？

――え、誰……そ、その声は、氷室さん？

――これはお前の妄想だ。

――妄想……か、ほんと私の妄想力ってタフよね。

――闇雲に探してもダメだ。

――え……？

――本当にお前が俺のことをわかってるなら……きっと俺たちは会える。

——それって、どういう……？

「あ、すみません！　あ、じゃなくて！　ソ、ソーリー」

つい妄想したまま歩いて、人にぶつかってしまった。

気を取り直して妄想の中の氷室らしき人物が言っていた『本当に俺のことをわかってるなら』という言葉の意味を考えた。

時計の針は、すでに二十二時を指していた——。

行くあてもなくただ歩いていると、大きな河の前に出た。

（ここって、もしかしてハドソン河……？）

クルーズ船の照明が夜の水面にキラキラと反射している。悠里はその先にあるマンハッタンの夜景を見つめた。

宝石箱の中のような煌めきが綺麗すぎて、余計に寂しさが増した。

すると、目の周りが熱を持ち始め、視界がぼやけてくる。込み上げる感情を押し戻し、悠里はブンブンとかぶりを振った。

（泣いてる場合じゃない……何がなんでも氷室さんに会わなきゃ。そして、言うの。私の編集担当は、氷室さん以外に考えられないって）

悠里はなんとしてでも、氷室を日本に連れて帰るつもりだった。

拳を握って気合を入れ直すと、マンハッタンの夜景を見ながら、ふとあることを思い出した。

『ハドソン河に浮かび上がる夜景なんて、最高に綺麗だ。ニューヨークにいた頃は、よく川沿いのベンチで静かに眺めていたな』

そういえば、氷室にフラれた夜、新宿の夜景を見ながら、彼がそんなことを言っていた。何度も氷室の声でその言葉を再生して、ようやくハッとする。

「……もしかして、もしかして、もしかして‼　氷室さん……ここら辺にいるんじゃ」

疲労であちこち軋《きし》む身体にムチを打ち、悠里はハドソン河のウォーターフロントを歩きだした——。


同じ頃——。

『調子はどう？　美岬』

氷室は自分でも笑えるほど切羽詰まった状況だというのに、ロディの面白がっているような声が電話口から聞こえて、思わず眉をひそめた。

『タイムリミットまで二時間切ったけど？』

「……だったらなんだよ」

言われなくてもわかっていることを口にされると、むしゃくしゃする。明らかに不機嫌な氷室の声を聞いて、ロディは電話の向こうで小さく笑った。

『ああ、その様子だと、まだお姫様は見つかってないみたいだね』

「いちいち癪に障ること言うなよ」

マンハッタンの夜景と、ハドソン河に浮かび上がる煌めきを前に、時間だけが刻々と過ぎ、イラ立ちを覚える。

『もう諦めたらどう?』

「俺を挑発するための電話なら、もう切るぞ」

こうしている間にも、悠里がどこかで自分を探しながら、泣いているかもしれない。そう思うと、イラ立ちをぶつけるように氷室はスマホを切り、乱暴にポケットの中に突っ込んだ。

ずっと〝冷静沈着〟をモットーにしてきたつもりだった。しかし、女ひとり絡んだだけで、こうもみっともなく心がかき乱されている自分に、氷室は自嘲した。

ハドソン河を臨むベンチにどかりと腰を下ろし、悠里を見つける術《すべ》もなく、氷室は頭を抱え込む。

不意に、ロディの言葉が氷室の脳裏をよぎった。

『美岬も子供みたいなこと言ってないで、いい加減、自分の気持ちを堂々と宣言したらどう？』

〝自分の気持ち〟に気づいてからも、その想いになかなか踏み出せないでいた。過去のトラウマに囚われているからだ。私情を絡ませてしまったせいで、才能ある作家を育てることができなかった。

氷室の元恋人である作家のローラ・アドニエスは、結局、氷室への想いを断ち切って、作家という道を選んだ。

もし、悠里への想いを口にしたら、過去と同じように何もかもがうまくいかなくなるような気がした。そしてまた、宮森がここぞとばかりに悠里を奪ってしまうかもしれない。

作家としてのユーリをつぶしたくない思いと、悠里に気持ちを伝えて彼女と結ばれたいという想い……矛盾する感情に氷室の心は揺れ動く。

「……らしくないだろ、俺……」

『もう忘れよう』と心に誓った過去に、いまだに踊らされている自分に腹が立つ。

「クソ、どこだよ悠里……」

氷室の空しい呟きは、ハドソン河を波立たせる風にかき消された——。

「氷室さん……？」

一瞬名前を呼ばれたような気がして、悠里は立ち止まった。

(気のせいか……誰もいないもんね)

時計に目をやると、すでに二十三時になろうとしていた。そろそろひとりで出歩くのも限界の時間だ。

(でも、氷室さんは、絶対この近くにいる……)

根拠はないが、そんな気がしてならなかった。もう何度同じところを回ったかわからない。感覚だけは氷室をキャッチしているのに、この手につかめないもどかしさに、悠里は手を握りしめた。

その時——。

「What's up? (何してるんだい？)」

「え……？」

ふと正面を見上げると、中年の酔っ払い男が三人、悠里の前に立ちはだかっていた。

まずい——。

本能的にそう思い、三人を睨みながら、少しずつあとずさった。頭の中で警鐘がガンガン鳴り響いている。

「な、なんですか……？」

酔っ払いがニヤニヤ笑いながら、わけのわからないことを英語でしゃべっている。

当然、何を話しているかなんて、悠里には想像もつかない。

すると、そのうちのひとりが悠里の腕をぐいっとつかんだ。

「い、嫌！　やめて！」

その時——。

「Leave her alone!（彼女から手を離せ！）」

「え……？」

固く閉ざした瞳をゆっくり開けると、誰かが酔っ払いの腕をなぎ払ってくれて、悠里の腕が解放された。

その誰かとは——。

「ひ、氷室……さん!?　どうしてここに……？」

「説明はあとだ」

ずっと探し求めていた氷室が突然現れ、悠里は混乱していく頭の中、男たちの怒鳴り声を聞いた。

「Get out! If you don't wanna be caught!（捕まりたくなかったら失せろ！）」

「You!（こいつ！）」

ひとりの男が地面に唾を吐くと、氷室目がけて殴りかかってきた。

「氷室さん！」

悠里が氷室の名前を呼ぶと同時に、彼はしなやかな身のこなしで攻撃をかわして、男に蹴りを入れた。

「あ……」

それからみるみるうちに、三人の男たちは氷室によってのされていった。

「ったく、空手有段者をナメんなよ」

初めて見る氷室の機敏な動きに息を呑んで、ただ呆然と見ていることしかできなかった。

「悠里！」

「は、はい……!?」

氷室の声に肩がびくりと跳ね、我に返ると、氷室が手を差し出してきた。

その手を握ると、ものすごい勢いで引き寄せられた。戸惑うものの、すぐにパトカーのサイレンの音が聞こえてきて、ハッとする。

「逃げるぞ！」

「は、はい……！」

今、自分の手を引いているのが本当に氷室美岬なのか、信じられない。息をつくのも忘れて、静まり返ることのないニューヨークの街を走り抜けた——。

人混みの中をかいくぐり、何度も足がもつれて転びそうになってしまった。途中で何人もの人にぶつかったが、そんなことを気にしている余裕もなかった。

高鳴る心臓の音だけが鼓膜に響いている。氷室の名前を呼びたくても、カラカラに渇いた喉からは、掠れた声すら出てこなかった。

そして、もうこれ以上走れないと限界を感じ、彼の手さえも離しそうになった時、悠里は、とある小さなユースホステルの中に押し込まれた。

「はぁ……はぁ、はぁ」

空いている一室を借り、廊下を歩いて部屋に入るまで、ふたりの乱れた息は続いていた。

やがて徐々に静寂が訪れる中、座ることも忘れて、互いに見つめ合って立ち尽くす。

「あ、あの……本当に氷室さんですか？　そっくりさんとかじゃ——」

「はぁ？　何、言ってんだ馬鹿、俺以外の誰に見えるんだよ？」

その口調、その声に、ようやく氷室美岬その人だと認識すると、今度はホッとして全身の力が抜けそうになった。

「よ、よかった……私、氷室さんに会えたんだ」

そう思うと一気に瞼が熱くなり、涙ぐみそうになって唇を噛みしめた。

（やだ、なんでこんな時に涙が、もっと氷室さんの顔を見ていたいのに……）

「あ……」

「おっと、大丈夫か？」

力が抜け、膝からガクリと落ちそうになった悠里を氷室が慌てて抱き止めた。

自分の身体を支える氷室の腕にしがみつくと、彼の優しい温もりが伝わってきて、悠里は声を殺して泣いた。

「ったく、こんなに冷え切って……ピーピー泣くな、ガキ」

「この際だから、もうガキでもなんでもいいです」

ひとりで氷室を探しさまよっている時は、身も心も寒くて仕方がなかった。そんな不安を宥めるような氷室の体温は、悠里を優しく包み込んでいた。

ようやく悠里が落ち着いて、彼女の話を聞いた氷室は、眉間に皺を寄せて言った。

「なんで俺が大海出版を辞める話になってるんだよ」

「え？　だ、だって……北村さんに渡したのは退職届だったんじゃ――」

「あれは休暇届だ」

「へ？」

思考回路がショートする音が、脳内で聞こえた気がした。

確かに北村が見せた物は封筒だったが、中身はまだ見ていないと北村が言っていたのを思い出した。

「とんだ勘違いだな、ブサイク」

氷室は目を丸くしている悠里の頬を、プニッと軽くつまんで笑った。

「ええっ⁉　も、もう！　なんで言ってくれなかったんですか⁉　私、てっきり大海出版を辞めて、ニューヨークに帰っちゃったのかとばかり……」

「ぷっ……あははは」

氷室は悠里の早合点《はやがてん》に噴き出すと、しばらく腹を抱えて笑っていた。

（もしかして、勘違い……だったの？　もう！　恥ずかしいぃ！）

悠里は、これ以上氷室に顔を向けていられず、こそこそと隠れたくなった。

「辞めるわけないだろ。ただ……俺が初めて編集者として歩きだしたこの街に、何もかもクリアにして来る必要があっただけだ」

「……どうして？」

「初心に返って……なんて、古臭いやり方だけど、俺の原点であるこの国で、お前をもう一度俺のもとに取り戻すにはどうしたらいいか考えたかった。それにはある程度まとまった休暇が必要だったんだよ。ニューヨークに来てからいろいろ考えてるうちに、やっぱり俺はお前の担当を外れるなんて考えられないって思った」

　氷室の温かな手が頬を伝う。

　その真摯《しんし》な眼差しと目が合うと、悠里は気恥ずかしさに顔が赤くなるのを感じた。

「そ、そうだったんですか……私、賭けまでして、ひとりで空回りだったんですね」

「賭け……？　なんの話だ？」

　悠里は、北村に新作のプロットを見せたことを話した。

　北村は次回作も『艶人』で連載するよう求めたが、悠里は、その担当が氷室でなければ連載しない、と半ば脅しぎみに条件をつけた。今思うと、編集長相手によくそんなことが言えたものだと、ぞっとする。

「お前、大胆な賭けに出たな。それでもし『艶人』から外されたら、どうするつもりだったんだ？」

「その時は……その作品を拾ってくれる出版社を、手当たり次第に探して回るつもりでした」

「な……」

悠里は今やミリオンセラーを二回も出した、乗りに乗っている人気作家だ。

それが、まるでデビュー前の新人作家がやるようなことを、平気でやろうとしていたのだから、氷室は呆れて言葉が出なかった。

「けど、お前らしいな……悠里」

ドクン――。

「なぁ……」

「は、はい……」

氷室の艶めいた声で名前を呼ばれ、どぎまぎしながら顔を上げた。

「今から俺が言うこと、よく聞いとけよ」

「はい……」

もしかしたら、『そんな無謀なことをするな』と氷室に咎《とが》められるのではないかと、緊張してその言葉を待っていると、氷室がそっと耳元に唇を近づけて言った。

「……お前が好きだ。どうしようもなく」

「え……？　んぅっ」

その言葉で脳髄《のうずい》まで麻痺《まひ》した途端、氷室に顎を取られて熱く口づけられた。

その唇は一度触れたことがあるはずなのに、まるで初めてのような感触で、合わさる唇の隙間から溢れだす吐息に、のぼせそうになる。

「お前が好きで……本当はおかしくなりそうなんだ。宮森がお前の担当になって、お前に触れてるって思っただけで狂いそうになった。……はは、知らなかっただろ」

氷室は秘めていた本音を口にすると、気恥ずかしくなったのか、照れ隠しに小さく笑った。

そんな氷室の本心を聞いて、悠里は信じられない気持ちでいっぱいになった。素直に喜びたいところだが、自分が初めて氷室に告白した時のことを思い出した。

「でも、氷室さんは……」

『自分の気持ちに応えてはくれなかった』――。

そう言おうとして口を噤んだ。

その想いを汲み取るように、氷室が視線を落として言葉を繋いだ。

「……大切なもののためなら、馬鹿にでも臆病にでもなる。お前が気持ちを打ち明けてくれた時、俺はただの臆病者だった」

自嘲ぎみに笑う氷室に胸が締めつけられて、悠里は咄嗟に口を開いた。

「宮森さんから聞きました。『忘我の愛』をコミック化する話、氷室さんが断ってくれたって……もしかしたら、その代償が担当を外れることだったんじゃないですか?」

「……それは」

『図星』と言わんばかりに、氷室は悠里から目を逸らして、瞼を少し下げた。

いつもぼーっとしているくせに、悠里はこんな時だけ勘が冴《さ》えている。

「さぁな……」

悠里の言った通り、本当のことを白状してしまおうかと、氷室は一瞬迷ったが、これ以上、悠里に余計な気を遣わせたくはなかった。

「お前は何も知らなくていい。もう余計なことは考えるな」

氷室はそう言って、悠里の頭をやんわり撫でた。

「……はい」

悠里は頬を緩め、根掘り葉掘り尋ねるのをやめた。

(……今は何も言わずに氷室さんの優しさを感じていよう。やっと……やっと氷室さんへの想いが通じた……! これは妄想じゃないんだ)

好きな人に想いが通じることが、こんなにも幸せだとは思わなかった。幸せすぎて本当に夢じゃないか、頬をつねって確かめてみる。

「イタタ……」

「何してんだ、お前？　これは夢なんかじゃない。もし夢だったら俺が許さない」

氷室にやんわりと引き寄せられて、抱きしめられる。その感覚に、悠里は身をすべて委ねることにした。

「さっき走って逃げてる時に、確かこの辺にユースホステルがあった気がして、咄嗟に入ったんだ。悪いな、思いつきで決めたとはいえ、ろくなホテルじゃなくて」

シングルベッドに押し倒されながら、氷室の声に甘さが増していく。

（押し倒されてる！　氷室さんに⁉　ううう、嘘⁉）

氷室はろくな場所ではないことを謝っていたが、悠里は押し倒されている現状に、そんなことを気にする余裕すらなくなっていた。全身の血液が沸騰して、ありとあらゆる穴から奇妙な湯気が出てるのでは……と、気が気ではなかった。

先ほど抱きしめてくれた時も氷室の体温は温かかったが、今はそれ以上に熱いと感じる。

悠里が困惑しているにも関わらず、氷室は悠里のブラウスのボタンをひとつ、ふたつと外していく。

「あ、あの……」

悠里が身をよじると、開きかかっていた胸元が大きく割れて谷間が覗く。

「あ……」

「お前って、結構いい身体してるよな。まぁ、最初から気づいてたけど」

「な、ななな」

胸の谷間に唇をあてがわれ、氷室の手が悠里の素足を這った。ゾクゾクした感覚が込み上げてきて、恥ずかしさでおかしくなりそうだった。

(もう逃げられない)

そう覚悟して氷室を見上げると、氷室は服を脱いで素肌をさらしていた。

(未開拓ゾーン解禁……氷室さんの……は、裸!!)

そんな言葉が頭に浮かんで、顔から火が出そうになってしまう。

均整のとれた氷室の身体つきに、悠里は見とれた。

(氷室さんの胸板って……結構厚いんだ。って、な、ななな何考えてるんだろ、私!?)

「あ、あの……」

「なんだ?」

戸惑う悠里に、氷室は余裕を含んだ笑みを浮かべる。

「お前は目を閉じて俺に何もかも委ねてろ……ただ俺のことだけを感じていればいい」

（氷室さん……）

二度と忘れないであろう、氷室のその囁きを心に書きとめて、悠里は今、目の前にある幸せを噛みしめた――。

帰国した翌朝――。

氷室は自室の天井をぼんやりと見つめていた。

いつもの習慣で『仕事に行かなくては』と、身を起こそうとしたが、まだ休暇中だったのを思い出した。

今日は休みだ。

そう思うと、氷室は再びベッドの中で、心地よいまどろみに浸ることにした。しかし、そんな至福の時を邪魔するように、彼のスマホに電話がかかってきた。

「ったく、なんだよ……」

電話の相手は、なんとなくわかっていた。〝早く出ろ〟と急かすスマホに仕方なく手を伸ばして電話に出る。

『おはよう。なぁんだ、もう日本に帰国しちゃってたんだ。連絡もなしに勝手に帰るなんて、日本語では〝水臭い〟って言うんだったよね？』

案の定、電話の相手はロディからだった。

朝っぱらから嫌味っぽいセリフを聞かされて、氷室はやれやれとため息をつく。隣ですやすや眠っている悠里を起こさないように、氷室はベッドから身を起こして静かに端に座った。

「ああ、どうやら賭けには勝てたみたいだからな。事後報告で悪いが、帰国させてもらった」

ロディとの賭けに勝ったという満足感に、氷室はフフンと鼻を鳴らした。

『それで、彼女の担当に戻って、お仕事中？　いや、お取り込み中かな……？』

「うるさい。それより俺の言った条件、覚えてるだろうな？」

するとロディは『仕方がない』といったように笑っていた。

『あはは、約束だからね。【忘我の愛】、早速読んでみたよ。なかなか面白い内容だった。ちょっと仕事が立て込んでるからすぐには無理だけど、こっちで何部か出してみるよ』

「ああ、それでいい」

『じゃあね……』

氷室は通話の切れたスマホをベッドサイドに無造作に置くと、再び穏やかな時間に浸った。

朝もとうに過ぎ、陽の光が燦々《さんさん》と降り注いで白いシーツを照らしている。

昨夜の情事で醸されていた淫靡《いんび》な雰囲気とは打って変わって、部屋には清々しく爽やかな空気が流れていた。

せっかくの気持ちのいい朝にとんだ邪魔が入って、一気に冷めた気持ちになったが、氷室は傍らで小さな寝息を立てている悠里が愛おしくて、額に軽く口づけた。

悠里の身体に初めて触れたあの夜、今までに味わったことのない幸福感に、やっと自分で自分を認めることができた気がした。そして、もう迷いはなくなった。

ニューヨークを離れる前に、悠里からなぜあの時ハドソン河にいたのか、ふと尋ねられた。

『愛の力だ』

そう、鳥肌が立ちそうなセリフで流したが、あの時、悠里と出会えたのは本当に偶然だった。

途方に暮れてベンチに座っていたら、聞こえるはずもない悠里の声が遠くで聞こえた。空耳かと疑ったが、何やらただならぬ予感がして、声がしたほうへ走っていってみた。

そして酔っ払いに絡まれている悠里を見つけて、『どうしてこんな所に？』という驚きより先に、悠里に危害を加えようとしている酔っ払いへの怒りが湧いた。

あの時の、必死な自分を思い出すと笑えてくる。けれど、一生に一度くらいは必死になって何かを求めるのも悪くないと、今なら思える。

「やっと原石から宝石になったな……いや、まだか」

氷室はそう言いながら、悠里の腰のラインを指でなぞった。

脱がせてみたら、予想以上にクセになりそうなしなやかな肌と、艶を含んだその声に、男としての獰猛《どうもう》な本能を刺激されずにはいられなかった。

（綺麗だ……）

そう思っているのに、いつも反対のことを言ってしまう。

初めて悠里に出会った時は、今まで会ったこともないような、ダサくて変な女としか見ていなかった。けれど、小説に対するひたむきな姿勢と情熱に、気づけば〝ユーリ〟ではなく〝悠里〟という女を目で追っていた。

悠里の笑った顔ももちろん好きだが、一番可愛く思えるのは、泣きそうになっている顔だった。

前に悠里が突然、素顔の欠片《かけら》もわからなくなるほど、ケバい化粧をしてきた時、ありのままの彼女ではないことに腹が立って、手荒だとわかっていたが、その場で洗い流してやった。

本人としては綺麗にしてきたつもりだろうが、全く男心がわかっていない。そんな鈍感な悠里を、なぜかますます意識するようになった。

宮森が悠里に近づいた時に感じたイラ立ちは、初めはただの子供のような独占欲だと思っていた。

けれど、それは違った。

悠里の見せてくれる世界に惚れ込み、悠里の不器用さを愛おしく想い、すべてを支えてやりたい……そう感じた時、自分は悠里を愛しているのだと初めて気づいた。

そんなことを思っていると、悠里の瞼が小さく揺れた。

「……ん、氷室さん？」

「ああ、起きたのか」

悠里はまだまどろみから抜け出せず、眠い目を擦りながら時計を見た。

時計の針はもうすぐ正午を指そうとしているところだった。

悠里はニューヨークに行ってからずっと気持ちが昂っていたせいか、ぐっすり寝てしまった。頭が次第にクリアになってくると、ベッドの周りに散乱した衣服が目に入る。そして昨夜のことを思い出すと、一気に眠気が覚めた。


『毎日でも抱いてやるから、こっちに来い』

『このまま、俺のすべてを受け止めてくれ……』

『この身体は全部俺のものだ……愛してる、悠里』


「うわぁー‼」

「な、なんだよ……?」

妄想ではない現実の光景が蘇ると、悠里はもう一度布団にくるまって、ゴロゴロと身をよじった。

「身体中が……筋肉痛です」

「ったく、相変わらず色気ねぇな」

「氷室さんが……ぜ、絶倫なんですよ！」

そう言っている間にも、氷室は悠里の腰に腕を回して、頬に口づけてクスクス笑っている。

「それは男にとって、褒め言葉だな……」

「な……っ⁉」

そう言いながら、今度は啄《ついば》むように口づけてくる。

「こっち来いよ……可愛がってやるから」

「……はい」

氷室の熱に触れるたびに、身を隠したくなるような恥ずかしさが込み上げてくる。

しかし、彼の刺激に自分の身体が反応していることは、それ以上に恥ずかしかった。

「名前……呼べよ」

氷室に組み敷かれて、自分でも信じられないくらい甘い声で、愛しい人の名前を呼んだ。

「……美岬、さん」

「悠里、愛してるよ……」

氷室は優しく目を細めて、悠里の頬を親指の腹で撫でた。

「私も、愛してます」

そして、愛おしい人からとろけるような愛の囁きを何度も受け、悠里はうっとりと陶酔に浸った。

〝愛している〟という言葉だけではもの足りない。氷室を想うたびに、言葉では表現できない愛おしさが胸に湧き上がってくる。

思いついた言葉を文章にすることはできても、口ではうまく言葉にできない。そんな風に思っていると、不意にあることを思い出した。

(そういえば……来年の夏には『忘我の愛』の先行上映会がある。早く、氷室さんと一緒に見たいな)

まだ来年のことを考えるには早い気もしたが、悠里にとって『忘我の愛』の映画化は一番の楽しみでもあった。

最愛の人と作り出した、最初で永遠の作品は、おそらく極上の映画に仕上がっているに違いない。

「何、違うこと考えてんだよ……今は俺のことだけ考えてろ」

「あ……」

そう言って氷室は悠里の頬を温かな手で包み込むと、甘い水音を立てて唇を吸い上げた。

氷室の与えてくるその熱は、悠里のわずかに残った理性さえも奪う。甘い甘い恋の味に溶かされながら、悠里はゆっくり目を閉じた。

「氷室さんのキスって、甘いですね」

「そうか？」

「うん、まるでラズベリーみたい……」

「なんだそれ……」

氷室が口元を歪めると、悠里は頬を緩める。そして互いに笑い合う声が重なると、これ以上の幸せはないと感じる。

「……お前に渡したい物があるんだ」

「渡したい物……？　なんですか？」

「教えない。まぁ、楽しみにしてな」

そう言いながら、氷室はチュッと音を立てて、悠里にもう一度口づけた。

「ちょっとくらい教えてくれてもいいのに……」

「ダーメ」

そう言われるとますます知りたくなるが、悠里は氷室と交わす口づけに夢中になった。

それから数日後の夜――。

「え？　氷室さん……今なんて？」

悠里は、突然氷室に呼び出され、初めて氷室と食事をしたレストラン『アルページュ』に来ていた。

相変わらず上品な料理が目の前に並べられて緊張してしまうが、氷室のその言葉に悠里の頭の中は真っ白になった。

「だから、何度も言わせるなって。まぁ、いきなりで混乱するかもしれないけどな。今日、北村に言われたんだ。お前の担当は俺が今まで通り、受け持つことになった。あぁ、それから宮森はコミック部に戻っていった。ったく散々引っかき回しておいて」

宮森を思い出してか、氷室がムスッとしている。

「あと、急な人事で北村が別の部署に異動することになってさ、来年から俺が文芸部かつ『艶人』の編集長に任命された」

さらっと言ってのけるが、悠里にとってそれは思いがけない朗報だった。

「つまり出世ってことだな」

氷室は悠里の反応を試すように、ニッと笑ってワインをひと口飲んだ。

（氷室さんが今まで通り私の担当……！　それに編集長だなんて……すごい！）

「嬉しいです！　氷室さん！　それにおめでとうございます！」

悠里は喜びを抑えることができずに、思わず椅子から立ち上がりそうになった。

（嬉しい！　氷室さんが戻ってきた……！）

「でも、喜んでるのも今のうちだ。仕事ではビシバシいくから覚悟しておけ」

「はい！」

氷室が編集長として自分のもとへ戻ってきてくれるのなら、どんなに厳しいことを言われようとかまわなかった。

これからまた氷室のもとで、作家として活動できる。どんな作品が生まれるのだろう、と悠里は胸を躍らせた。

「それから……この前、渡したい物があるって言っただろ？」

先日、氷室がベッドの中でそう言っていたのを、ふと思い出す。

ずっと気にはなっていたが、聞いても教えてくれないような気がして、あえて自分から聞き出そうとしなかった。

気づけば、先ほどまで笑顔だった氷室の顔が真剣なものに変わっていて、胸がドキリと鳴る。

（渡したい物ってなんだろう……ワクワクする！　……いや、自分勝手に期待するの

はやめよう)

氷室と都庁の夜景を見に行った時、改まった様子の氷室から『想いを告白されるかも』と密かに期待したが、実際の告白はいまだに思い出したくもないくらい、ショックなものだった。

あの時のシーンが一瞬、脳裏を掠めて、鼓動がうるさいくらいに鳴り響く。

「俺はお前を一生離さないって誓う。だから……それを形にしたかったんだ」

「え……?」

『嫌な物でなければいい』と思っていたが、氷室のセリフは悠里の意表を突くもので、目が点になった。

氷室がポケットから取り出したのは、手のひらサイズの小さなケース。

氷室に渡されるまま、悠里は何も言わずにそっと受け取ると、「開けてみな」と顎で促される。

小刻みに震える指で開けてみると、それはレストランの照明に照らされて、キラキラと輝くプラチナリングだった。

そして、中央にあしらわれたひと粒のダイヤがすべての光を集約して、高貴な存在感をアピールしていた。

悠里はその煌めきに圧倒されて、思わず目を見張った。

「これって……」

「ちゃんと言葉にしてけじめをつけなきゃな、って思ってた。悠里、結婚を前提に俺と付き合ってほしい。ずっとそばにいてほしいんだ」

氷室のまっすぐな瞳に偽りはなかった。

その真摯な眼差しに見つめられ、あまりの驚きに返す言葉が見つからない。

悠里がただこくりと頷くと、氷室はホッとしたような表情で顔を和らげた。

「今日は本当に信じられないことばかりで……怖いくらいに幸せです」

氷室から受け取ったリングをもっと見ていたいのに、自然と熱いものが込み上げて視界がぼやける。

（嬉しい……！　こんなサプライズ初めて……）

「私も一生、氷室さんから離れません。もし、氷室さんが私から離れたとしても、またどこへでも追いかけていって捕まえますから」

こらえ切れなくなった涙を人差し指で拭うと、悠里は今までで一番の笑みを浮かべた。

「りょ、料理が冷める。早く食えって」

氷室はそんな悠里の笑顔に頬を染めると、照れ隠しのようにワイングラスを手に取った。

「はい、いただきます」

（氷室さんとならどこへでも行ける。どんな小説でも書いてみせる）

小さなケースから覗いたシルバーリングが、そんな幸せ絶頂のふたりを見守るように、いつまでも凛《りん》として輝いていた――。

END

あとがき

初めまして、こんにちは、夢野美紗です。
『恋のレシピの作り方』に続き、ベリーズ文庫で二冊目を出させていただきまして、応援してくださった読者の方々には感謝しても、し切れない気持ちでいっぱいです。
お手に取っていただき、ありがとうございます。

この作品は、いつか小説家と編集者のお話を書こうと思っていて、『恋のレシピの作り方』と同時期に構想を練っていたのですが、内容がなかなかうまくまとまらずに、何度も白紙に戻そうとしたものです。ですが、つたないながら自分自身も小説を書いている身として、『小説を書くということはどういうことか?』といろいろ考え、主人公の悠里の気持ちになって、なんとか書き上げることができました。

読者の皆様より、温かいお言葉をいただいて嬉しかったり、また思うように書けなくて何度も筆を折ろうかと落ち込んだりと、この作品を書きながら改めて小説を書く楽しさを知ったような気がします。

まだまだ未熟者ではありますが、今後も様々な恋模様を小説にしていけたらいいなぁ、と思っております。

最後になりましたが、担当編集の額田様、三好様、そして素敵なカバーイラストを描いてくださったユウノ様、この作品を出版・販売するにあたり、ご尽力とお力添えをいただいた皆様にも、深くお礼申し上げます。

読者の皆様もここまでお付き合いいただき、ありがとうございました。

ご感想などありましたら今後の参考にさせていただきますので、ぜひぜひ聞かせてください！

それでは、また別の作品でお会いできることを祈りつつ。

夢野美紗《ゆめのみさ》　拝

夢野美紗先生への
ファンレターのあて先

〒104-0031
東京都中央区京橋1-3-1
八重洲口大栄ビル7F
スターツ出版株式会社　書籍編集部　気付

夢野美紗先生

本書へのご意見をお聞かせください

お買い上げいただき、ありがとうございます。
今後の編集の参考にさせていただきますので、
アンケートにお答えいただければ幸いです。

下記URLまたはQRコードから
アンケートページへお入りください。
http://www.berrys-cafe.jp/static/etc/bb

ベリーズ文庫

俺様編集者に翻弄されています！

2016年2月10日　初版第1刷発行

著　者　夢野美紗

発行人　松島 滋
デザイン　hive&co.,ltd.
D T P　説話社
校　正　株式会社　文字工房燦光
編　集　額田百合　三好技知（ともに説話社）
発行所　スターツ出版株式会社
〒104-0031
東京都中央区京橋1-3-1　八重洲口大栄ビル7F
TEL　販売部　03-6202-0386（ご注文等に関するお問い合わせ）
URL　http://starts-pub.jp/
印刷所　大日本印刷株式会社

Printed in Japan

乱丁・落丁などの不良品はお取替えいたします。
上記販売部までお問い合わせください。
定価はカバーに記載されています。

ISBN 978-4-8137-0060-9　C0193

ベリーズ文庫 2016年2月発売

『ウェディングロマンス』 水守《みずもり》恵蓮《えれん》・著

地味なOL萌は、営業部のホープで憧れのイケメン響と、まさかの電撃結婚！ でも式の誓いのキスは頬に誤魔化され、寝室は別…と予想外の新婚生活。不安になる萌に響が「俺は、誓うよ。萌だけに」と意外な本心を明かし、唇にキスをしてきて…？ 第4回ベリーズ文庫大賞大賞受賞作。

ISBN 978-4-8137-0056-2／定価：630円＋税

『強引上司の恋の手ほどき』 高田《たかだ》ちさき・著

恋愛初心者の千波は、人生初の彼氏と上手くいかず悩んでいた。すると「お前の悩み、俺が解決してやるよ」と経験豊富なイケメン課長・深沢が〝恋愛指導〟してくれることに。〝デートの練習〟と称して恋人のように接する彼にドキッとしてしまう。気づけば彼の敷いた恋のレールにのせられて!?

ISBN 978-4-8137-0057-9／定価：650円＋税

『S系紳士と密約カンケイ』 御厨《みくりや》 翠《すい》・著

ホテルで働く柚は、誕生日前に彼氏にフラれヤケ酒。翌朝目覚めると、隣には見知らぬイケメンが！ 見るからに上流階級な男・佐伯は、介抱した代償として「身体で詫びてもらう」と柚に家事の世話係を命じる。最初は罰ゲーム気分の柚だったが、彼のオトナな魅力にいつしか翻弄されて!？

ISBN 978-4-8137-0058-6／定価：660円＋税

『イジワル同期とルームシェア!?』 砂川《すながわ》雨路《あめみち》・著

同棲していた恋人にフラれ、貯金もない文《あや》は、営業部のエースである同期・青海の提案で、周囲に内緒で同居することに。でもその条件は、彼が将来結婚するときの練習相手として〝仮想嫁〟を演じること！ 〝ただの同期〟と思っていたのに、必要以上に甘やかしてくる彼に、毎日ドキドキさせられて…!!

ISBN 978-4-8137-0059-3／定価：650円＋税

『俺様編集者に翻弄されています！』 夢野《ゆめの》美紗《みさ》・著

恋愛小説家でありながら、恋とは縁遠い日々を送っている悠里。ある日、出版社から突然担当編集者が変わると告げられ…現れたのは、NY帰りのイケメン敏腕編集者・氷室だった。喜ぶ悠里だったけど、超ドSで強引な彼に振り回されっぱなし！ でも、甘いアメとムチを使い分ける氷室に惹かれ始めて…？

ISBN 978-4-8137-0060-9／定価：650円＋税

書店店頭にご希望の本がない場合は、書店にてご注文いただけます。